Desterro

Luis S. Krausz

Desterro

Memórias em ruínas

Posfácio de

Márcio Seligmann-Silva

TORDSILHAS

O texto deste livro foi fixado conforme o acordo ortográfico vigente no Brasil desde 1º de janeiro de 2009.

Projeto realizado com o apoio do Governo de São Paulo, Secretaria de Estado da Cultura, Programa de Ação Cultural 2010.

REVISÃO TÉCNICA Willi Bolle
REVISÃO Beatriz de Freitas Moreira
CAPA E PROJETO GRÁFICO Kiko Farkas e Thiago Lacaz/Máquina Estúdio

1ª edição, 2011

Dados Internacionais de Catalogação na Publicação (CIP)
(Câmara Brasileira do Livro, SP, Brasil)

Krausz, Luis S.
Desterro : memórias em ruínas / Luis S. Krausz. – São Paulo : Tordesilhas, 2011.

ISBN 978-85-64406-08-7

1. Crônicas 2. Imigrantes - Brasil - História 3. Judeus - São Paulo (Cidade) 4. Krausz, Luis S. 5. Memórias autobiográficas I. Título.

11-04868 CDD-869.9803

Índices para catálogo sistemático:
1. Memórias : Literatura brasileira 869.9803

2011
Tordesilhas é um selo da Alaúde Editorial Ltda.
Rua Hildebrando Thomaz de Carvalho, 60
04012-120 – São Paulo – SP
www.tordesilhaslivros.com.br

Sumário

Desterro

I

Desterro

É mais uma daquelas manhãs de São Paulo em que o sol pinta de amarelo as folhas, e o céu, azul, estonteante, faz pensar nos ideais daqueles que, num tempo esquecido, arquitetaram um novo país, construído sobre as ideias da Europa do século XIX, mas numa terra de fartura, onde escravos serviam os homens livres: os que conceberam a bandeira nacional com aquelas cores que se podem avistar ao olhar um pouco para cima, para as copas das árvores, verdes apesar de tudo, e para o meio do céu, cujo azul parece sobreviver, impassível, porque, ao olhar para cima, os olhos perfuram o manto de fuligem que cobre toda a cidade, como um ser dotado de vontade própria, como um parasita insaciável. Transpassam o corpo da entidade; deleitam-se no azul, prístino, tudo como se ainda não houvesse aquele véu sobre as coisas urbanas, cansadas pelo sol do trópico.

Mas são raros os dotados dessa ousadia. Seu gesto pode ser mal interpretado. E como é perigoso, vale mais manter o olhar na horizontal, fixar as cores fogosas dos carros que entopem as ruas, ou até sonhar com os helicópteros altivos e seguros que, a cada tanto, cruzam a nuvem de fuligem rumo ao sétimo céu. Ou, ainda, naufragar na desolação do horizonte, encoberto pelo manto ciclópico, meio cinza, meio amarelo, reencarnação dos dinossauros cuja substância os canos de descarga de motores despejam agora: aquele ser sobrenatural de corpo perfurado pelos edifícios, que se alastra com os anos, amorfo como as criaturas lendárias – o Behemot, os Titãs, ou a visão do profeta Ezequiel, a quem se revelou uma enorme carruagem de fogo, a Merkavá, que hoje dá nome a carrocerias de ônibus na terra de Israel.

A cidade desperta para o dia útil. Ônibus rugem, as entranhas cheias de gente ofegante, quase sufocando. São reencarnações de monstros marinhos, que engolem para vomitar e soltam arrotos quentes. Quem sair de dentro deles, volta a sentir o ar nas ventas em lugar desconhecido, como se tivesse cruzado o rio do esquecimento: agora, diante do muro de bronze de algum palácio subterrâneo, começa uma nova existência, numa terra estranha, cujas regras desconhecidas só se podiam aprender à custa de golpes duros, de erros até fatais.

Os prédios mais altos parecem vestir a névoa de fuligem e de partículas de enxofre como uma diva que, ao terminar seu número, se envolve, pudicamente, com um xale de seda. Mas esse xale se instala nos brônquios da gente, apagando-os, aos poucos. Já é parte do mistério do mundo, como as chuvas ou o vento. Ao seu abrigo realizam-

-se, todos os dias, rituais e sacrifícios, que conduzem os celebrantes a diferentes êxtases, de enobrecimento ou de vulgarização, de elevação e de mergulho nos abismos.

Nos subterrâneos que atravessam as entranhas da cidade estão as galerias nunca tocadas por um raio de sol, como os corredores do palácio de Hades, túneis de tijolos cujos mapas foram esquecidos no fundo de arquivos enferrujados, em porões de repartições públicas extintas.

Um novo dia: a luz amarela cai do céu como o metal incandescente de um cadinho; ameaça derreter as coisas da cidade e dissolver as muralhas que separam o dentro do fora. Mas as muralhas e os portões resistem, guardadas por legiões cada vez maiores, como cidades fortificadas da Antiguidade que têm em seu interior abundância de água e de comida, e resistem aos animais selvagens e às hordas dos inimigos. Os ritos que se celebram dentro das muralhas e os ritos que se celebram fora das muralhas não buscam propiciar as mesmas divindades. A devoção de uns não é a devoção de outros, os deuses falsos e os deuses verdadeiros se confrontam, uns recebem grandes oferendas de ouro, em galerias de mármore iluminado; outros, sacrifícios de galinhas, que amanhecem ensanguentadas nas esquinas, com garrafas de cachaça e charutos, tudo conforme os graus da humanidade.

As asas do desalento estão sobre a cidade. Mas os passarinhos deixam seus abrigos: maritacas e tico-ticos, sabiás e bem-te-vis, desfrutam da liberdade, cantam, nada abala seu contentamento: nem o sofrimento, nem a nostalgia por tempos e lugares que ficaram para trás. Alegram-se com o sol; caçam frutas e vermes e procriam, constroem ninhos e cumprem, firmes, os mandamentos das suas naturezas: o mandamento de bater asas e o de cantar; o de alimentar-se e o de chocar ovos; o de alimentar os filhotes e o de entregar-se à morte quando for a hora.

Eu ando desorientado pelas ruas curvas, ainda silenciosas, ainda verdes, do alto do Sumaré. Nos jardins antigos, o orvalho é como uma relíquia numa cristaleira. A resina da felicidade se desprende dos cedros e paira no ar, antes de se misturar com outros perfumes: o dos jasmins e o dos pinheiros; o dos lírios, agapantos e azaleias, iguais aos que brilhavam nos jardins dos meus avós, no jardim da nossa *Tante** Anna, cercado de cedrinho: um pedaço de boa sorte esquecido na cidade, como um capricho da história. Era daqueles jardins que nós olhávamos, com desdém e piedade, para a vida suarenta das ruas. No interior daquelas cercas, era como se os homens tivessem resolvido transformar suas lanças em podadeiras, suas espadas em arados, e cada qual se sentava sob sua videira e debaixo de sua figueira, e não faziam mais a guerra. O lobo e o cordeiro conviviam, e a paz durava todos os sete dias da semana. Este era, pois, o cheiro dos lírios amarelos, dos agapantos e das azaleias: a

* Tia, em alemão, e também em francês.

lembrança de plantas de outro tempo. E enquanto eu os contemplava, me desorientei. E agora eu mesmo ando pelas ruas do alto do Sumaré como aqueles para quem olhávamos, dos nossos jardins, com piedade mas também não sem desprezo – nossos jardins perdidos, cuja lembrança busco ali, esquecido das máquinas que não poupam ninguém.

A tudo profana a deusa cuja boca jamais se cansa do sangue humano. Dela são os exércitos que desfilam, desde cedo, em todas as direções, e marcham sobre a Ásia e a América, dos quais fujo, desorientado, temeroso, pelas ruas do alto do Sumaré – o nome de orquídea que é nome de um bairro e é também o nome de um lugar sob o mar.

A cada hora me afasto mais daquele lugar original, de onde olhávamos com pena e não sem desdém para os que sufocavam, corriam pelas ruas como se fugissem de bombas, atordoados, enquanto nós contemplávamos uma efígie do *Kaiser** José II de olhos benevolentes como os de minha avó. Esperávamos que ele, embora esverdeado pelo tempo, ainda pudesse estender sobre nós o manto de sua benevolência e nos salvar dos capitães de indústria, dos especuladores imobiliários, dos simulacros que repetiam sempre as mesmas coreografias. Aguardávamos seus decretos que davam às coisas seus nomes verdadeiros, e as colocavam em seus lugares devidos. Mas já nem conseguíamos

---

* Imperador, em alemão.

entender suas palavras no meio de tantos ruídos. Restava só o silêncio do seu olhar resignado: ninguém mais compreendia sua língua, nossos ouvidos tinham sido ensurdecidos pelos telefones, pelo rádio, pelos televisores.

Nossas línguas se embaralhavam no patuá das ruas e se apegavam ao nosso palato, enquanto os olhos, naquela efígie, nos fitavam, em muda reprovação, porque nos entregávamos aos gritos, aos rangidos, às explosões, aos golpes, aos estampidos, aos gemidos.

A muralha do tempo se tornava cada vez mais alta, mas nos jardins do Sumaré, as folhas prosseguem em seu chiado, as ruas desembocam umas nas outras como córregos e eu ando a esmo, cada vez mais entranhado no bairro desconhecido, como se folheasse fotografias amareladas de outra cidade, num continente perdido do outro lado do mar, antes de Auschwitz-Birkenau. A resina se desprende dos pinheiros, acaricia minhas narinas, desperta sensações felizes. Reconheço, numa das ruas, o casarão de nossa amiga Ada Löwy, agora abandonado e entregue à voragem das plantas.

Imaginava que ela estivesse morta, mas a encontrei em seu lugar costumeiro, na primeira fila da sinagoga, na noite do *Kol Nidrei*,* algumas semanas antes. Era uma velha, as pernas inchadas contidas por grossas meias elásticas.

---

* A noite mais solene do calendário litúrgico judaico, que antecede o jejum do *Yom Kippur* ou Dia do Perdão.

Seu rosto não tinha mais a expressão orgulhosa e divertida de uma dama elegante: era antes o desabamento do sonho que levara seus pais e avós de localidades mergulhadas na fé inquestionável nos rabis milagrosos do hassidismo, como Czortkow e Sadagora, na velha Galícia e na Bucovina, essas terras de ursos, para Czernowitz, e de lá para a verdadeira Viena. Lá seu marido Jakob Löwy tornou-se James Löwy, um *gentleman* à inglesa, fabricante de tecidos. Sua história está contada no romance *Großstadtjuden*, ou *Judeus da cidade grande*, de Adolf Dessauer. Em seu guarda-roupa estavam os trajes perfeitos para todas as ocasiões da vida social – *lunches*; *five-o'clock teas*; *cocktail parties*. Logo a grande guerra devorou-lhes a fábrica, a pátria, mas não o sonho: no Brasil reconstruíram tudo o que ficara perdido *drüben*,* do outro lado, quando a Alemanha e a Áustria começaram a vomitar seus judeus e eles cruzavam os mares em todas as direções, como se tivessem sido engolidos por um grande peixe que os abandonaria nas praias de seus sofrimentos.

Quando José vivia entre os egípcios e interpretou os sonhos do Faraó, as sete vacas gordas foram devoradas por sete vacas magras, mas aqui as humilhações sofridas nas mãos dos antissemitas de Viena foram seguidas por anos de prosperidade. E assim nossa amiga Ada, que alguns dias

---

* Do outro lado, na outra margem, em alemão.

antes eu vira, na noite do *Kol Nidrei*, na primeira fileira de nossa sinagoga, e seu marido, construíram essa casa, no meio do Sumaré, agora entregue ao sal que devora as lembranças. Vestiam-se com elegância, sempre. Esquiavam no Valais. Eram sócios do Jockey Club. E andavam pela rua Augusta num Mercedes-Benz azul-escuro. Tudo como deve ser.

Nas festas, no casarão, havia *foie-gras* com gelatina de vinho madeira. As bebidas e as iguarias eram como hóstias sacramentais, capazes de reescrever a história, de levar os convivas a comungarem com seres de uma ordem superior, em salões embalados pela música dos anjos, da prata, do cristal e da porcelana, onde santa Marta era a cozinheira e são Lucas o magarefe. Ali os sofrimentos humanos e o açoite dos desejos de nossos corações encontravam descanso e satisfação. A memória de uma vida celeste parecia se derramar sobre as festas em casa de nossa amiga Ada; nossa outra vida, cujas lembranças são como cacos de jarros partidos e pedras de templos arruinados. Encontrávamos a paz por algumas horas. Depois, a festa terminada, éramos precipitados outra vez nas ruas.

II

Ein' feste Burg ist unser Gott*

As obras na cidade, enquanto isso, prosseguem no ritmo de sempre: os casarões são demolidos e em seus lugares surgem os edifícios de escritórios e os apartamentos de última geração, com suas promessas de luxos e de confortos que tornam desprezível e obsoleto tudo o que se viu antes. A isto se chama progresso. O futuro está cada vez mais perto e a gente se esquece de que está envelhecendo e morrendo, envenenada a cada dia. Lutam, querendo ainda alcançar inteiros o futuro, mas ele os devorava, risonho, como os prédios novos devoravam os velhos: o grande canteiro de obras não tem fim.

Nossa Alexanderplatz é o Largo de Pinheiros, transpassado pelas obras do metrô como uma imagem de são Sebastião perfurado pelas flechas. Suas crateras gigantescas tragam quarteirões inteiros da cidade, às vezes com os seus moradores, precipitando tudo – casas, móveis, colchões,

---

* "Nosso Deus é uma fortaleza inexpugnável" (Sl 46,1).

gente – na mais tétrica escuridão. Ali são encerrados para sempre, como no Tártaro com seus portões de bronze. Nossa Alexandria, com sua biblioteca e seus sábios, são as profecias das páginas dos jornais.

Na Era Dourada dos Jornais, todos os dias, depois do almoço e do cafezinho, meus avós se sentavam em volta da mesa da sala para ler *O Estado de S. Paulo*. O silêncio só era interrompido ante alguma notícia particularmente escandalosa ou revoltante: meu avô não conseguia conter a indignação, e expirava o ar entre a língua e o palato, fazendo um longo "tsssss...". Era como se ele recebesse, naquelas páginas cinzentas que lhe sujavam as pontas dos dedos, mensagens divinas, capazes de colocar em bons caminhos a sua vida; as boas-novas que não permitiam que sua língua se colasse ao palato, que conservavam a destreza de suas mãos. Havia algo comovente na fé com que eles liam ali, e como aqueles assuntos ecoavam, depois, nas conversas telefônicas, e às vezes até à noitinha, quando a família se reunia à volta daquela mesma mesa, para tomar uísque com *Salzstangerln*.*

Mas essas certezas dos nossos dias acabavam por nos deixar doentes, como se houvesse algo de infeccioso nas palavras impressas nas páginas do jornal. Meu avô franzia a testa e retorcia os lábios, em expressões de desgosto, e

---

* Salgadinhos de massa em forma de palito, recobertos por sal grosso.

fumava cigarros amargos ao rememorá-las. Ao fim, sobrava só o amargor, cada vez mais intenso, que ficava pairando no ar. Ninguém se lembrava da sua causa. Sob os nossos pés – e sob os pés da mesa e das cadeiras – um desgastado tapete persa aos poucos aparava aquela perplexidade.

Ainda naquela semana me convencera de que talvez um dos cacos da minha Jerusalém celeste particular estivesse naquele tapete, e me apressei em levá-lo à casa de uma empregada de nossa consertadora armênia de tapetes orientais, na distante rua Rio Fidalgo, em Parelheiros, para que ela o consertasse. Parelheiros, bairro de nossa cidade, muito além dos portões que limitam nossas terras conhecidas. A restauradora de tapetes orientais vivia ali na estreiteza orgulhosa de uma pobreza bem-nutrida. Para chegar ali cruzei rios e ferrovias, que eram como os portais de cidades subterrâneas e proibidas, e de dentro do carro olhava para as margens das avenidas, em busca de um suvenir daquela viagem exótica. Acabei comprando um frango, já morto e depenado, para o nosso cachorro, por R$ 2,19.

Ao longo da mesma avenida avistei, também, o acidente – isto é, não o avistei, porque o ônibus que o causara o encobria, mas na calçada, atrás do ônibus, dezenas de pessoas olhavam para o acidente e o fotografavam como se fossem repórteres dos grandes jornais, com seus telefones celulares, para depois mostrarem aos familiares as imagens escabrosas, levá-los a contorcer as bocas e as testas, talvez a soltar o ar entre o palato e a língua, fazendo um longo “tsssss...”.

Aquele tapete, do Beluquistão, tinha sido comprado num antiquário no *neuer Markt*,* em Zurique, e eu também tinha ido para lá, anos depois, em busca de outros cacos, que eu juntava, pacientemente, num armário, à espera do dia em que pudesse colá-los uns aos outros. Enquanto isso, as traças o tinham perfurado. No mesmo armário está, também, um fragmento de um vaso grego, que eu comprei num antiquário da Altstadt.** O fragmento retrata uma musa coroando seu favorito enquanto outra lhe estende um cálice. Que bebida maravilhosa seria aquela, oferecida a um mortal por uma criatura divina?

O grande armário ficava no subsolo do prédio onde eu tinha um apartamento, uma herança de minha avó, num bairro chamado Nova São Paulo, um bairro novo, que surgira como que de um dia para o outro, e que, antes que as pessoas pudessem se dar conta, estava ali, como uma catástrofe, afastado das ruas por onde eu passava habitualmente, e que me conformara em chamar de "minha cidade"; um bairro aonde só era possível chegar de automóvel, e que era cruzado por largas avenidas, onde se enfileiravam: lanchonetes nas quais era possível consumir todos os tipos de hambúrgueres sem descer do automóvel, locadoras de vídeo, lojas de automóveis, novos e usados, academias de gi-

* O Novo Mercado, parte do centro histórico medieval.

** A Cidade Velha, o centro histórico medieval de Zurique.

nástica, restaurantes, postos de combustíveis, a favela. Não fosse pela favela, seria possível acreditar que estivéssemos na Atlântida – ou em Atlanta, Geórgia.

Ao longo das ruas que saíam como ramificações das avenidas principais desfilavam, encarnados em edifícios, os mais grandiosos voos da imaginação de nossos arquitetos. Mas nada se comparava ao parque que era a alma do bairro: ali, além da montanha-russa e das duas rodas-gigantes que giravam em direções opostas, havia uma reprodução, em tamanho ampliado, do *Monumento às Bandeiras*, de Victor Brecheret, que permanecia no parque do Ibirapuera como uma pálida sombra desse novo *Monumento às Bandeiras*: uma reprodução ampliada feita de resina cor de marfim, sobre a qual jorrava, noite e dia, um véu de água, de maneira que a fuligem que aos poucos recobria o bairro, como todo o resto da cidade, não se assentava ali, nunca. Assim, o monumento luzia sempre, refletia a luz do sol e também a luz amarela dos holofotes noturnos. Aquele era o centro do novo parque, o magma que reluzia como as duas rodas-gigantes iluminadas, como as duas grandes rodas da fortuna iluminadas, que o bairro inteiro admirava de suas janelas. De um terreno esquecido, que meu avô recebera em pagamento de uma dívida, brotara, como um cogumelo venenoso, aquele prédio cinzento, no qual nos cabia um apartamento, e num grande armário no subsolo daquele prédio eu amontoava minhas vidas passadas, para as quais não havia lugar em outra parte, à espera do dia em que alguma alma decidisse comprar aquele imóvel que, entrementes, ia devorando fatias cada vez mais grossas do nosso orçamento doméstico. Ali estavam caixas com livros que meus avós tinham trazido de Viena no tempo da imigração, e sobre os quais, antes de empacotá-los, tínhamos espalhado latas e latas de Neocid em pó, pensando, assim, em nossa comovente ingenuidade, protegê-los das brocas e dos insetos daninhos. Ali estavam os móveis desconsolados da casa em Campos do Jordão; e caixas com outras coisas de que eu já me esquecera.

E assim, de tempos em tempos, eu me levantava bem cedo aos domingos, me vestia com roupas grosseiras e, sem me barbear, como um homem que, movido por impulsos insuportáveis, deixa para trás seu lar, seu trabalho e sua família para se perder em prazeres proibidos, me dirigia, de automóvel, para aquele bairro de desconsolo, para ver se haviam aparecido interessados no apartamento, mas, sobretudo, para revirar o armário, do qual emergiam, às vezes, pequenos objetos vindos da casa em Campos do Jordão, como aquela gravura esverdeada, com a efígie do *Kaiser* José II que um dia observava silenciosamente a nossa casa, com seus olhos céticos e benevolentes, e que era como um santo protetor do nosso lar. Seus olhos tinham uma expressão semelhante à dos olhos de minha avó e eu esperava que, embora esverdeado pelo tempo, ele ainda pudesse nos proteger, estender sobre nós o manto de sua benevolência, salvar-nos dos capitães de indústria e dos especuladores imobiliários e dos simulacros.

Aqueles móveis, havia décadas embrulhados em plástico, estavam empilhados uns sobre os outros, como os escombros de uma casa depois da catástrofe: a casa na montanha, que meus avós tinham construído pensando nas casas de veraneio que tinham ficado para trás, *drüben*, do outro lado, sucumbira à chegada do progresso. Havia anos que o movimento cada vez mais intenso da avenida empesteava, desde cedo, nosso jardim com a fumaça preta do óleo diesel. Depois começaram as festas da Siemens e da IG Farben, no jardim da casa ao lado – festas ruidosas, que se estendiam noite adentro, capitaneadas por um figurão do grão-capitalismo que, dizia a nossa caseira, chegara a hospedar um xeque do petróleo da Arábia Saudita, e cujos poderes rapidamente levaram meu pai a sucumbir, entregando-lhe a casa em troca de um cheque que rapidamente se dissipou, como a riqueza fácil do petróleo. Restava, agora, aquela mobília em escombros, amontoada num depósito que cheirava a mofo, naquele subsolo em Nova São Paulo, que às vezes eu abria, me protegendo das coisas que despencavam, umas sobre as outras.

Em minha última visita àquele bairro eu encontrei, em meio ao mofo do esquecimento, uma pasta com partituras manuscritas para nada menos que uma sinfonia completa, em quatro movimentos. Fora composta, conforme se lia na primeira página, para celebrar a memória das populações pré-colombianas da América, destroçadas pelos colonizadores com suas armas de fogo e seus cavalos, uma obra de autor desconhecido – certamente um daqueles refugiados ilustrados que deixaram a grã-teutônia no tempo de Hitler, imaginando aqui, às margens dos rios de uma nova Babilônia, continuar a construção de uma *Bildung** grandiosa. Era o testamento de algum pobre refugiado que, movido por visões, confiara à minha avó, antes de morrer, aquelas partituras agora mofadas dentro do envelope pardo, no qual ia um nome escrito com cuidado – um nome do qual não me lembro agora, afinal destinado ao esquecimento.

O papel pardo exalava um cheiro amargo e a poeira que o cobria grudava nos dedos, mas logo outras coisas guardadas no armário, à espera do dia em que pudessem renascer de suas sepulturas, chamaram a minha atenção.

Era como se um *bulldozer* tivesse derrubado nossa casa, e depois um vendaval tivesse misturado suas vísceras que jaziam ali, amontoadas, enquanto a vida frenética e luminosa de Nova São Paulo lançava para o ar suas cortinas de fumaça.

Os moradores do prédio, vizinhos daquele apartamento nunca habitado, eram funcionários graduados de empresas internacionais que, com a liberalização do câmbio e a inclusão do Brasil no mercado global, brotaram às margens do rio Pinheiros – nossa cloaca pública que, com a inauguração da Ponte Estaiada, se transformou em

---

* Formação cultural abrangente, nos moldes propostos pelo filósofo alemão Alexander Von Humboldt (1769-1859).

cartão-postal da nova cidade. Muitas vezes, a caminho dos seus carros blindados pretos enfileirados na garagem, eles passavam por mim, viam-me sob as ruínas que se amontoavam no armário, e se viravam, com desgosto, ou olhavam para o lado, trocando sorrisos e olhares cúmplices. Eu não conseguia me desvencilhar da minha fortaleza desmantelada e assim, de tempos em tempos, visitava aquele lado da cidade que até recentemente nem constava dos mapas, onde os nomes das ruas soavam como farsas, onde o asfalto e o cimento devoravam as colinas e onde as escavadeiras reviravam as entranhas da terra e deixavam um rastro de sangue, restos de sacrifícios ao venerável *mamon*.*

Para chegar àquele lado da cidade, era preciso atravessar o rio, o que os moradores de nossa cidade há muito faziam sem qualquer tipo de cerimônia, passando para cá e para lá, por uma das muitas pontes, como quem atravessa uma rua qualquer, e perdendo de vista que, pouco tempo antes, aquelas terras que se estendiam para além da outra margem do rio eram malvistas, consideradas nocivas por causa dos pântanos que se tornavam criadouros de insetos, onde vicejava a febre palustre. Passar para lá era considerado perigoso e também degradante – algo que só se fazia em segredo. Da margem oriental, olhava-se para

---

* Riqueza material, dinheiro, mas também cobiça, no hebraico bíblico.

o outro lado como para um país estrangeiro, hostil. Tudo o que vinha de lá, por isso, cheirava-me a segunda escolha – quando não diretamente a usurpação ou roubo. Aquele aglomerado de bairros do outro lado do rio marchava, interior adentro, como se quisesse se expandir sobre todo o estado e até sobre Mato Grosso. Aquele esplendor de plástico desavergonhado parecia sempre empapado de suor e sua vista oprimia cada vez mais meu coração à medida que eu avançava pela avenida que penetrava no ocidente e degradava os transeuntes como uma doença oculta. Era má vontade da história estarem os restos da nossa casa em Campos do Jordão agora amontoados bem no coração daquele bairro, cujo nome eu relutava em pronunciar.

Ao passear pelo alto do Sumaré, naquela manhã, alcancei um mirante no fim da rua Mococa. De lá avistei a cidade febril, que se reproduzia do outro lado do rio. Colei o olhar no prédio mais distante que alcançava, na planície que ia até Jundiaí, e que, na imaginação dos valentes construtores paulistas, aguardava pela chegada de seus *bulldozers* e caminhões. Os muros que, com o tempo, meus avós construíram em volta de sua casa e jardim, tentavam deixá-los de fora, junto com todo o resto. Cobriam suas janelas com cortinas, seus olhos com véus. Atrás das portas, ouviam sinfonias de Bruckner e, nas catedrais do esquecimento, deleitavam-se como se fosse possível trazer de volta as paisagens esquecidas do outro lado. E eu adivinhava o que eles viam atrás das pálpebras dos seus olhos fechados, enquanto ouviam música, à noite, na sala forrada de livros alemães, e nenhum lugar me parecia mais desejável do que aquele inefável *drüben*. Eu ainda não imaginava que *drüben* era sempre do outro lado e, ingênuo, acreditava que pudesse ser alcançado de avião ou navio. E prometia a mim mesmo que, logo que pudesse, iria para aquele lugar de pessoas corteses, de ordem, limpeza e honestidade.

E assim, ao olhar para a planície, do mirante da rua Mococa, eu avistava também Londres e Nova York; Filadélfia e Zurique; Duisburg, com suas gigantescas fornalhas, onde se dissolviam os minérios trazidos de todos os quadrantes do mundo; com suas pilhas de carvão que se dirigiam ao céu como grandes pirâmides para alimentar as fornalhas; Duisburg, com seus operários turcos e seus dignos senhores que eram pagos para ler os jornais do dia. Eram estações de minhas jornadas em busca de um lugar que não existe. Por décadas eu percorri os quadrantes do que era, então, chamado de "Primeiro Mundo", em busca do lugar com o qual meus avós sonhavam – aquele lugar mais elevado que os outros lugares, de onde fomos expulsos, e que haveria de nos ser restituído. E agora me parecia que talvez aquele lugar fosse bem ali, no alto do Sumaré.

Numa manhã fria de janeiro eu enterrei os pés na neve suja que cobria o asfalto da grande siderúrgica em Duisburg, os dedos das mãos roxos, enfiados nos bolsos de um velho sobretudo. A rotina de estagiário na grande siderúrgica me deixava perplexo e eu não conseguia encontrar o sentido do trabalho que diferentes burocratas iam desempenhando enquanto eu só os observava, semanas a fio. Aquele mundo de escritórios aquecidos e atapetados era um sucedâneo corrompido da Europa que habitava minha imaginação, perturbada pelas memórias dos *slides* que meu avô nos mostrava, na infância. À noite, fumando cigarros da Virgínia e bebendo uísque, num porão alugado da viúva Possekel, Am Finkenacker 6, eu tentava reconciliar realidades que não se encaixavam. Ela era uma refugiada de Ostpreußen,* Königsberg, hoje Kaliningrad, na Rússia, de olhos castanhos e cabelos pintados de preto.

Na inominável planície, do outro lado do rio, a cidade se alastrava como uma epidemia: a fumaça que se erguia das chaminés das churrascarias de rodízio anunciava uma catástrofe cada vez mais próxima que, no entanto, não chegava e não chegava, ainda que seus sinais estivessem nos jornais, dia após dia: o cataclismo dos cataclismos. A essa espera chamava-se de *moderno*. Era preciso educar nossos olhos com a força da vontade e levá-los a amar aquelas construções: quem não partilhava do êxtase do arranhar dos céus, não contava. A essa marcha interminável chamava-se de *o progresso*, ou também o avanço do espí-

---

* Prússia Oriental, denominação de uma região ao norte da Polônia, dominada pela Alemanha até 1945.

rito de nossa pequena época, esse espírito que despedaça, revira, escava e trabalha até reduzir o rochedo da grandeza e arrasar seus menores fragmentos.

Este é o trabalho constante e subterrâneo da pequenez, o trabalho dos agentes mesquinhos que enchia nossa planície de obtusidade e insignificância. E assim cada qual assentado sobre seus bens, fitava o mundo à sua volta.

Nós esperávamos, em silêncio.

III

O cometa

Da primeira vez, eles entraram em nossa casa trazidos pelo corretor de imóveis Dito Costa, um homem sinistro, de sorriso banal, dentes de coelho, voz melosa. Olharam nossa sala, forrada com lambris de araucária, e nosso jardim, cercado de cedrinho. Tinham pressa. Assim foi o começo: primeiro alugaram a casa para as férias e, como formigas na linha de frente, começaram a devorar-lhe a substância, tenazes e cada vez mais depressa, conforme o seu feitio. Dali para a pilha de ruínas no bairro inominável foi só um instante de distração. Mas o desastre era para sempre: restava só o consolo daquelas visitas ao subterrâneo úmido e bolorento, aquelas descidas às criptas onde os ossos repousavam e apodreciam aos poucos. E eu revirava as pilhas de móveis como se buscasse minhas próprias vértebras.

Com suas frases empenadas, com suas palavras mutiladas, eles ostentavam as agruras orgulhosas de muitas batalhas: seus discursos, sempre bradados, eram como exércitos de desvalidos, mal-ajambrados, pendurados uns nos outros, mas espalhavam a ruína com sua marcha: eles eram claudicantes, porém nós nos submetíamos a seus planos e astúcias, pensando salvar nossos dedos, a nossa coroa de glória, à qual voltávamos, em segredo, nas horas sagradas que conseguíamos esconder deles, como fora feito na terra de Mitzraim.* Eles nos rodeavam por todos os lados, pareciam carcereiros de sorrisos hipócritas e superfícies douradas. Rastejavam, invisíveis, sob os nossos pés, como os insetos e seus gestos invisíveis.

Só o anúncio da passagem do cometa me animava a esquecer todas aquelas torres de sordidez. A fulguração do cometa prometia despertar-nos do sono de cimento, argamassa e pedras de Mitzraim. As notícias sobre a sua vinda eram as mais contraditórias. Na maior parte das noites, o véu de fuligem que flutuava sobre a cidade não permitia que ele fosse visto, então os boatos e rumores sobre sua passagem corriam pelas noites, de boca em boca. Astrônomos da universidade eram citados, mas as autoridades permaneciam em silêncio sepulcral. Procuradas por jornalistas inquisitivos, davam respostas evasivas, fingiam desconhecer o tema, despistavam os curiosos como quem esconde um tesouro e afirma que ele não existe. Para mim, era uma daquelas certezas inabaláveis, sobre as quais não havia como discutir: era certo que viria e assim, todas as noites, eu me dirigia, em segredo e em total solidão, aos

* O Egito, em hebraico.

mirantes do Sumaré – o da rua Corumbá, onde se via o oriente, que era de onde haveria de vir aquela luz, e só depois de passar ali muitas horas fitando o céu, as luzes do Pacaembu, os prédios da avenida Paulista, para além do Conjunto Nacional, é que me dirigia, por simples desencargo de consciência, àquele outro mirante, no fim da rua Mococa – tão perto dali e tão distante, porque à sua frente se estendia a desolação interminável da planície, a marcha infame em direção ao faroeste, aquelas terras inomináveis onde as palavras se deterioravam como partes decepadas de animais vivos, e as frases, subjugadas pelos trilhos da vida prática, sucumbiam às forças motorizadas.

Era certo que o cometa jamais poderia surgir daquele lado do céu. Ainda assim, desconsolado, eu atravessava a noite e a neblina da avenida Dr. Arnaldo para me certificar, depois de passar muitas horas em silêncio na rua Corumbá, encostado à grade de metal ou sentado na escadaria que desce para a rua Alegrete e, para minha infelicidade, nunca o avistava. Talvez ele tivesse passado dias antes, muitas horas depois de eu, exausto, ter tomado o caminho de casa, rendendo-me ao sono e ao temor das obrigações que me aguardavam no dia seguinte. Ou talvez a história de sua passagem fosse só mais uma daquelas que se contam e que desaparecem, como fogos de artifício, esquecidas sob os turbilhões nossos de cada dia. Ainda acreditava na minha predestinação desde que, por dois anos seguidos, luzes estranhas tinham sobrevoado nosso jardim na noite do meu aniversário e por isso voltava ali, noite após noite, certo de que seria o primeiro a avistá-lo: o cometa que haveria de chegar, apesar de todo o nosso desconcerto.

O tango da morte embalava as tardes calorentas, prenhes de efeito estufa, e ressoava pelos prédios inertes, expostos à cremalheira implacável do sol como gritos estridentes em salas de vidro. E à noite, mal terminava o jantar, embarcava no "Lapa R" olhando, aflito, pelas janelas, para os muros do cemitério do Araçá, para as árvores, para o céu encoberto e ofuscado pelas fadas das luzes de mercúrio – as fadas elétricas que roubavam as nossas noites: seu deslumbramento era a causa de nosso abandono. Dissipavam sua energia espetacular e não conheciam descanso. Enfeitiçavam seus cortejos e nem as muralhas do cemitério as incomodavam: elas povoavam as calçadas em hordas, reluziam nas bancas dos floristas, proibiam o nosso recolhimento. Eu, porém, com devoção verdadeira, cruzava, impassível, a feeria e me encaminhava, uma noite depois da outra, para o observatório, na esperança de avistar, finalmente, o dardo com suas plumas de luz natural. E acreditava que minha devoção também pudesse propiciar sua vinda, sua passagem pelo céu da cidade.

IV

As criaturas do trevo

Os trevos, em latim *Oxalidaceae*, não estão, de maneira nenhuma, entre as mais importantes famílias de plantas e até mesmo demorou bastante para que lhes fosse concedido um lugar próprio. Mas são uma das famílias mais interessantes. Grandes diversidades nas formas do crescimento e na constituição dos órgãos vegetativos, por cima e por dentro da terra; sua formação em bulbos, tubérculos e rizomas; o trimorfismo dos seus brotos e a posição de dormência de suas folhas; sua diáspora por toda a terra e suas diferentes formas de adaptação a desertos, estepes, florestas, montanhas, água e terra cultivada, oferecem interesse sempre renovado. Triviais como ratos, os trevos estão por toda parte, e os de quatro folhas, num vaso decorado por cogumelos vermelhos com pintas brancas, de louça, fazem uma impressão simpática, junto com um cartão em que se lê "Boa sorte!".

Os trevos floresciam em toda a extensão do barranco, da rua Alegrete à rua Corumbá. Ao longo dos dois lados da escada, eles se multiplicavam em contentamento, e quando eu me cansava de olhar para o céu, me voltava para essa folhagem paisana, que dormia sob os raios do mercúrio, alheia à passagem do astro como nossos concidadãos, e invejava-os, em sua tranquilidade noturna, em sua obtusidade.

E foi assim que, naquelas semanas em que eu voltava, todas as noites, do mirante da rua Corumbá, sem ter avistado um rastro que fosse do cometa, encontrei, no chão diante da porta, um envelope aéreo azul da Alemanha, endereçado a mim com uma letra miúda e vertical perfeitamente alinhada que era a expressão do espírito de correção e justiça. Era um daqueles envelopes azuis da marca Elco, cujas bordas vêm enfeitadas por bandeirinhas em azul-marinho e vermelho, com os dizeres "*Luftpost*" e "*Par avion*" impressos, e que, para mim, eram sempre portadores de boas notícias. E dessa vez não foi diferente. O envelope vinha do Museu Judaico de Berlim com uma carta datilografada, que me convidava a participar na organização de uma grande exposição internacional cujo tema era o destino dos judeus alemães e austríacos que tinham conseguido emigrar da Europa a partir da ascensão do nazismo. Minha tarefa seria visitar famílias e procurar documentos e objetos que pudessem servir como alegorias, representar a aura do universo desaparecido desses emigrantes. Assim, pude esquecer o cometa.

Nenhum dos objetos que encontrei em minhas buscas igualou-se ao bilhete que certo Ludwig Frank escreveu, em papel de seda, já dentro do caminhão da Gestapo que o levava como prisioneiro, em Hamburgo. Ele colocou o bilhete dentro da própria carteira e a atirou a uma rua enquanto cruzava a cidade pela última vez antes de ser reduzido a cinzas, na esperança de que alguém a recolhesse e a entregasse à sua família – o que acabou por acontecer. Frank se despedia da mulher e dos dois filhos, recomendava-lhes que fizessem todo o possível para chegar o quanto antes a Paris, de onde poderiam emigrar para a América do Sul. Era uma pequena obra literária. Encontrei-o, junto com a carteira, num envelope amarelado, na casa de Alfred Frank, um dos filhos.

Quando recebi o convite do Museu, imaginava que haveria de lidar com histórias mais ou menos felizes, de gente que conseguiu escapar e reconstruir suas vidas no Brasil.

Visitei Alfred Frank em seu *penthouse* no bairro paulistano de Santa Cecília poucos dias depois de receber o convite do Museu. Era um apartamento voltado sobre o centro da cidade, na rua Aureliano Coutinho, num prédio antigo que tinha sido luxuoso nos anos 1950 e declinava lentamente, à sombra dos palácios de mármore cada vez mais mirabolantes com que nossos construtores entupiam o bairro de Higienópolis. Alfred Frank permanecia indiferente à voragem imobiliária. Ali tinha construído seu refúgio e ali ficaria até o fim. O elevador chegava somente até o oitavo andar do prédio, de onde era preciso seguir por uma escada verde para alcançar seu *penthouse*. "Meu pai era um comerciante que percorria o Norte da Alemanha, comprando e vendendo durante a semana inteira e só voltava para casa às sextas-feiras, para passar o *Shabat** com a família", disse, indo diretamente ao assunto, como se quisesse abreviar ao máximo aquela minha estranha visita. A mesa do escritório em que ele me atendeu, junto à sala, debruçava-se sobre uma janela e o terraço de onde se avistavam os edifícios Copan, Itália e o Hotel Hilton. Lá estavam separados, além da carteira e do bilhete do seu pai, documentos trazidos da Alemanha como um *Führungszeugniss* ou Atestado de Bons Antecedentes, que certificava que ele nunca tinha matado, roubado ou pedido esmolas. "Meu pai trabalhava principalmente com *Daunendecken*, edredons de plumas de ganso, que ele trazia de fazendas afastadas, às quais chegava de automóvel. Continuava a viver como seus antepassados, que tinham sido mascates ambulantes, e percorriam a região de Schleswig-Holstein e a Dinamarca com fardos nas costas ou a bordo de carroças, só que o fazia mais confortavelmente." Frank recusava-se a usar os termos vulgares com que tantos que enriqueceram gostam de referir-se às suas posses. Disse apenas que seu pai tinha construído uma casa muito confortável em Altona, um distrito adjacente a Hamburgo. "Estive lá há alguns anos. É um dos bairros

---

* O sábado, em hebraico, o dia sagrado do descanso semanal.

mais luxuosos de Hamburgo." Os nazistas não lhe roubaram o tom sóbrio do patriciado germânico, e ele se cercava, sempre, com tudo o que pudesse preservar sua equanimidade. Alfred Frank sabia que eu sabia bem o que significa um bairro luxuoso na Alemanha. "E o senhor nasceu em Hamburgo?", perguntei, desajeitado. Nossa conversa estava sendo gravada. "Em *Altona*", ele respondeu. Seu tom de voz anunciava um princípio de irritação. Era precisamente aquele tom que se usava na Alemanha para tratar com uma criança cuja impertinência começa a ameaçar a equanimidade de seus pais. "Ah! Em Altona!", disse, conciliador. O mais importante era manter a afabilidade, na esperança de que ele me contasse mais e mais. Passamos, então, aos quadros, que sua mãe ainda conseguiu tirar da Alemanha em 1938. Eram pinturas a óleo. Retratavam paisagens rurais de Schleswig-Holstein, escurecidas pela fuligem persistente de São Paulo, e que por décadas tinham feito as vezes de uma *Heimat*,* um lar virtual, e um anteparo à vista de cimento e asfalto que se estendia para além das *schefflera*s do terraço. Frank conduzia nossa conversa como quem lida com um assunto burocrático incômodo, porém incontornável. Parecia sentir-se obrigado, por alguma culpa antiga, a tolerar a minha presença, e a forma como respondia às minhas perguntas era a expressão mais

* Em alemão, terra mãe, terra natal, lar nacional.

acabada da proverbial frieza do Norte. Quando terminamos de falar sobre os quadros, comecei a lhe perguntar sobre sua relação com a cultura alemã, e Alfred Frank começou a falar sobre música clássica. Seu coração amoleceu. Como todo judeo-alemão, ele amava a música e falava com paixão sobre Bach, Palestrina, Telemann, Handel e Vivaldi. Respirei aliviado. Estava sentado numa cadeira de escritório de madeira, diante da escrivaninha, e então me senti suficientemente à vontade para me encostar. Dali por diante nossa conversa foi tomando outros rumos, até que lhe perguntei: "É verdade que, um dia depois que a Gestapo levou seu pai, sua irmã acordou com os cabelos inteiramente brancos?". "Quem lhe contou esta história?", perguntou ele. A sobrinha de Frank, com quem ele não se entendia, trabalhava como jornalista e eu a conhecia de alguma redação. A mãe dela, Elisabeth, uma psicóloga conhecida em São Paulo, tinha sido amiga de meus avós e essa gênese mítica de sua vistosa cabeleira branca circulava na nossa casa. Frank a desmentiu, retornando à frieza inicial. Evidentemente eu tinha tocado num ponto delicado: ele e a irmã tinham brigado, muitos anos antes, porque ela se recusara a assinar os formulários por meio dos quais, nos anos 1950, Frank tentara obter da Alemanha as reparações devidas à família por causa do assassinato do pai e do confisco do casarão e de todas as propriedades acumuladas por seus antepassados. "Não preciso do dinheiro deles", sentenciou Elisabeth Frank. Alfred Frank ainda me entregou um envelope com antigos documentos e me disse que eu poderia guardá-los. Lá estavam seus boletins e diplomas escolares, cópias de certidões de nascimento e uma foto do casarão de Altona. Fotografei cuidadosamente a carta de Ludwig Frank, certo de que ela estava destinada a tornar-se um objeto central na exposição em Berlim. Antes de ir embora, ainda conversamos um pouco sobre o apartamento, que ele achava difícil de vender porque tinha só uma vaga na garagem; porque não era servido por elevador e, finalmente, porque no andar de baixo havia se instalado uma barulhenta família de judeus russos.

V

Nosso mar

Num domingo de sol, à tarde, fomos conhecer a represa de Guarapiranga, que fica no caminho de Parelheiros, à beira da avenida Robert Kennedy. É o nosso mar da Galileia, o nosso Zürichsee:* a água fremia com o vento e o sol enchia as velas dos barcos. Do Quiosque do Manteiga só se via o verde, os casarões, a água e o céu. Umas décadas antes tínhamos almoçado perto dali, com meus avós, nossa *Tante* Su, num restaurante imenso e ensolarado, no meio de um gramadão que ia até a água. Comemos uns bifes intragáveis, que mastigávamos até doer o maxilar, que ficavam secos como borracha, e que engolíamos assim mesmo, pois éramos bem-educados e o lugar era idílico, e em seguida vomitávamos, e minha mãe dizia que era porque comíamos depressa demais, esganados.

Bem ali fica a saída do canal de Jurubatuba, que liga a represa ao rio Pinheiros. A esse bairro chamava-se "Portal

---

* Lago de Zurique.

das Águas", e eu tinha um sonho recorrente: via-me nadando na represa, depois no canal de Jurubatuba, que ia ficando cada vez mais imundo, até se tornar aquela pasta lodosa, que pudicamente evitamos olhar quando cruzamos as pontes sobre o rio Pinheiros – degradado a uma condição inominável e ao qual se evita fazer referência em todas as conversas educadas. Foi assim que as pontes também deixaram de ser pontes e se tornaram só continuações das avenidas: ninguém mais sente nada ao atravessá-las de uma margem à outra; os dois lados se confundem. Os segredos foram esquecidos. Esse rio exilado do próprio leito, esquecido das árvores que um dia lhe tinham dado seu nome, era também o rio do nosso exílio e do nosso esquecimento, engolido pela compressão das nossas desgraças e dos nossos castigos, dos quais a indústria e o progresso me pareciam os mais severos. E, assim, no meu sonho, eu entrava na água em Guarapiranga e quando me dava conta já flutuava entre as marginais do Pinheiros, que um dia fora divindade cultuada em ritos e sacrifícios, uma bênção de vida para seus filhos. E então acordava, trêmulo: os sabores do esgoto demoravam na minha boca e eu ofegava de pavor, e depois anotava, mais uma vez, com minha letra miúda, aquele sonho perturbador no caderno.

As pontes sobre aquela água me davam muito medo. Ligavam, em sua arrogância, coisas que deveriam permanecer separadas pela água e me eram repelentes e assustadoras.

A primavera tinha começado havia pouco, em agosto. Enquanto na terra de Israel se lamentava o mês de *Av*, com todas suas desgraças, e o vento quente do deserto soprava, levantava poeiras monumentais nas ruas modorrentas, torradas de sol, em São Paulo as frentes frias que trazem os saldos e retalhos do inverno austral já não nos alcançavam mais: recuavam ante o cansaço irremediável dos dias quentes e secos, dos dias de ardor nos olhos que duravam o semestre inteiro, o longo inferno astral da secura, cujo ápice era o *Yom Kippur*, quando o bafo do noroeste esturricava a nossa carne, rodopiava com a poluição, arrancava os brotos novos das árvores, soprava para longe nossa esperança.

Os dias começavam muito cedo, com os passarinhos moços, e nós tentando nos livrar da nossa estupidez, não mais enchendo as burras, mas contemplando o vazio, à moda oriental como se tornara comum, tentávamos erguer a cabeça do turbilhão, querendo afastar a marcha dos ídolos. Porém enquanto eu olhava para os trevos adormecidos no barranco, pensava numa grande galeria de tapetes orientais, de fabulosos tapetes do Turcomenistão e da Pérsia: salas e salas que se sucediam, com tetos de abóbadas e passagens em arco, um bazar subterrâneo colossal, estonteante, riquezas e riquezas concentradas naqueles tapetes de nós finíssimos, cores estragosas: o mundo com todos os deleites desbotava ante essa visão.

VI

Os relógios

Não havia, na cidade, bairro que fosse mais propício que o Sumaré ao cultivo das obsessões austro-húngaras – obsessões que, frustradas do outro lado, aqui tinham encontrado solo fértil, e podiam desenvolver-se sem impedimentos. *Drüben*, na outra margem, houvera uma ordem apropriada para cada coisa, uma matriz que moldara a nossa alma, e por meio da qual nos era possível colocar cada coisa no lugar devido, segundo uma hierarquia sacramentada pelo tempo, que para nós fazia as vezes de árvore cabalística das *Sefirot*.* Era uma ordem à qual nos agarrávamos como à própria árvore da vida, e que demonstrava, de cada coisa, o valor verdadeiro. Por meio dela nós não éramos colonizados, como os pobres sem nome nem cor definida, nem éramos como aqueles judeus que tinham sido escorraçados e chegavam à porta de terras estranhas como mendigos. Queríamos acreditar que aquilo

* As dez emanações divinas, segundo a tradição mística do judaísmo, ou cabala.

faria de nós europeus, europeus em lugares de exílio, como aquele Sumaré onde sonhávamos fundar nossa colônia de expatriados – uma colônia que seria uma verdadeira *Gartensiedlung*:* um bairro de jardins cultivados com destreza e eficiência; com bibliotecas impecavelmente organizadas; heranças intactas de avós e de bisavós; um bairro de colecionadores de selos e de alquimistas; de orquidófilos e de literatos, onde as brisas refrescantes e os jardins sombreados traziam o esquecimento dos males e o alívio de todas as dores – um mundo em si mesmo que era como um livro, onde imaginávamos que não seríamos tragados pelo tempo e pela história, pelo furacão que sopra do Paraíso, mas ficaríamos a salvo: um horto e um pomar onde não chegavam o calor nem o desespero que oprimiam as ruas da cidade; a nossa cidade da paz, o porto do nosso contentamento. Ali haveria permanência e durabilidade, e desejávamos que as estações viessem, cada qual a seu tempo, o calor na estação do calor e a chuva na da chuva, e o frio na do frio.

De todas as obsessões austro-húngaras de minha família, nenhuma atingira a magnitude da dos relógios, que transbordara todas as medidas para se tornar um empreendimento sério, cujo objetivo secreto talvez fosse a própria captura do tempo. Minha mãe separara uma sala somente para os relógios – carrilhões, relógios de parede e de mesa, de pulso

---

* Bairro-jardim, em alemão.

e de bolso, que se amontoavam em nossa casa como pragas egípcias, vindos de antiquários e de feiras de todas as cidades do mundo por onde passasse algum conhecido que, antes de partir para uma viagem, invariavelmente era incumbido dessa pequena gentileza. Essa reunião de horas dispersas se tornara uma espécie de missão religiosa. Meu pai passava horas, todos os dias, naquele cômodo estranho, que estalava e ressoava com os acordes de muitos carrilhões e relógios musicais, e que permanecia trancado à chave, inacessível a todos nas demais horas do dia. Ele dava corda, pacientemente, naqueles instrumentos cruéis que, não obstante, anunciavam a chegada cada vez mais próxima não do futuro, mas do implacável anjo da morte, com suas asas de seda.

Uma porta dupla, revestida de cortiça, tinha sido instalada naquele cômodo, cuja entrada ficava ao pé da escada, para tentar conter o ruído da implacável maquinaria que, no entanto, transbordava para o interior da casa, para o jardim e mesmo, nas horas mais altas da noite, para as casas dos vizinhos, que faziam reclamações infrutíferas, enquanto mais e mais relógios chegavam, apinhando as paredes e as prateleiras, as gavetas e as escrivaninhas daquilo que deveria ser nossa biblioteca, mas cujos livros havia muito tinham sido expulsos por esses aparelhos infernais. A vida sem aquilo se tornara impossível para minha mãe, e meu pai, conformado, dava corda nos relógios – todos os dias nos de pulso e de bolso, a cada dois dias nos de mesa, uma vez por semana nos carrilhões e assim por diante, de maneira que eles estivessem sempre a postos, tiquetaqueando em sua marcha em direção ao fim dos tempos. Fazia-o com um carinho abnegado e comovente, perseguido, sempre, por minha mãe, que, com a flanela em punho, ia removendo os mais ínfimos grãos de poeira. A batida dos pêndulos e o soar das campainhas o levava a contorcer o rosto, numa expressão de desgosto que, no entanto, ele continha, para não magoá-la. Mas os rastros daquelas caretas ficavam pendentes, nos cantos da boca, e eram levados pelo resto do dia como uma sina inescapável. Depois trancavam a sala, cuidadosamente, e fechavam a janela que dava para o jardim, e então meu pai suspirava, aliviado desse fardo até o dia seguinte.

Nós todos respeitávamos muito essa coleção secreta, embora quase nunca nos fosse permitido vê-la, e quando viajávamos jamais nos esquecíamos de nossa contribuição compulsória a esse grande repositório de horas perdidas. E às vezes, durante o jantar, comentávamos as visitas que tínhamos feito a esse e àquele antiquário, nessa ou naquela cidade, anos e mesmo décadas antes. Os relógios eram também minuciosamente registrados por meu pai num grande livro de capa preta, com sua letra indecifrável, escrita com uma velha caneta-tinteiro Parker Vacumatic, que fora o presente de seu *bar mitzvah*.* A marca, o ano e

---

* Ritual que marca o início da vida religiosa adulta de um menino judeu, normalmente celebrado aos treze anos de idade.

o lugar de fabricação, o lugar, a data e o preço de aquisição eram anotados ao lado de um número de registro de cinco dígitos, e muitas vezes ele se perguntava se não seria o caso de passar para um sistema de registro com seis dígitos, porque a coleção não dava sinais de reduzir o ritmo de seu crescimento. Nós éramos da opinião que não era necessário alterar os códigos já existentes, bastando seguir a ordem natural dos números, mas ele suspeitava da inutilidade dos zeros à esquerda. Teria preferido um novo sistema de seis dígitos, que pudesse contemplar igualmente cada um dos itens da coleção. Meu pai chegou a encomendar um livro alemão sobre catalogação ao livreiro e antiquário Stefan Geyerhahn, e agora que o livro chegara às suas mãos, ele passava muitas horas, todos os dias, depois do almoço, encerrado naquela sala proibida, absorto no volume grosso de capa preta, com folhas amareladas e letras góticas, publicado na Prússia em 1905, e que tinha o título solene de *Katalogisierungskunde* ou *A ciência do catalogar*. Era um tratado indigesto, dividido em capítulos, subcapítulos e parágrafos, como se fosse um código de leis universal, cuja obediência estrita fosse fundamental para a vida em sociedade – uma espécie de constituição universal, ou de condensação, em alemão, dos tratados talmúdicos que conduziam os judeus através de milênios de diáspora, à qual ele se dedicava com fervor religioso – a tal ponto que se tornava imune à algazarra dos relógios. Eu imaginava que, detrás da porta dupla de cortiça, ele gesticulasse com as mãos e com os dedos, cantarolando em voz alta os versículos daquele tratado, como o faziam nossos antepassados, na Polônia ou às margens dos rios da Babilônia.

A sabedoria contida naquele volume, contudo, não trouxe nenhum tipo de mudança aparente na vida secreta dos relógios, mas uma nova hierarquia agora governava suas relações – uma hierarquia que somente meu pai conhecia, legitimada por anos de estudos, uma etimologia estritamente particular, que traçava um emaranhado de redes invisíveis entre os relógios – redes que eram como teias de aranha invisíveis pairando na sala, cujos fios se estendiam em todas as direções e que obrigavam meu pai a dar passos cautelosos quando andava ali, contorcendo-se e ziguezagueando pela sala, curvando-se para a frente e para os lados, a fim de não romper aqueles fios secretos, cuja existência somente ele conhecia, e que se emaranhavam mais e mais conforme ele consultava outras obras de especialistas em catalogação, trazidas por livreiros e antiquários para a nossa casa, que consumiam muitas de suas horas, sem que ele pudesse chegar a uma conclusão definitiva sobre a melhor maneira de organizar a coleção.

Nós não suspeitávamos que, ao lado de seus estudos da *Katalogisierungskunde*, meu pai também se dedicava a experimentos de outra natureza nas horas que passava trancado naquela sala reservada. Havia muito tempo que ele tinha sepultado as ideias messiânicas dos nossos antepassados, e com elas, também, a crença no progresso. Estava à procura de retorno, e a natureza de todos aqueles relógios antigos, cujos ponteiros revolviam sobre si mesmos havia séculos, talvez tivesse algo a lhe ensinar. Interessava-lhe, especialmente, um relógio antigo, de mesa, que minha bisavó tinha recebido de presente de casamento em Preßburg, hoje Bratislava: tratava-se de um relógio cujos ponteiros se moviam da esquerda para a direita, isto é, em sentido anti-horário. Seu mostrador, no lugar de algarismos, tinha as primeiras doze letras do alfabeto hebraico, desenhadas em preto sobre um fundo esmaltado simples, e dizia-se que alguém que passasse à sua frente, observando o movimento do ponteiro por um número suficiente de horas, seria conduzido a uma visão paradisíaca. Nós, havia tempo, tínhamos esquecido essa história, mas meu pai estava cada vez mais convencido de que se aproximava do seu significado.

Toda aquela atividade evidentemente estava cercada pelo mais impenetrável segredo, e por trás das aparências da catalogação e da dedicação ao manual profano da arte de catalogar desenvolvia-se essa outra atividade, à qual meu pai jamais fazia mesmo a mais remota das alusões. Ele saía exausto dessas horas de trabalho, com os olhos vermelhos, cada vez mais atormentado por dúvidas.

Não imaginávamos que ele buscava, com esses experimentos, aproximar-se de coisas que tinham ficado esquecidas do outro lado, bem longe, nas épocas da grande mudança.

VII

O testamento

Nossos bisavós e trisavós não tinham deixado outros bens que não aquele relógio estranho, cujos ponteiros pareciam se dirigir ao passado, e nos levar ao encontro de coisas que tínhamos visto e esquecido, ou que tinham acontecido muito antes do tempo que conhecíamos: como se fosse um livro para ser lido do fim para o começo, meu pai acreditava que aquele relógio poderia ser capaz de levá-lo à *arqué*, à causa, à realidade original que se esconde no cerne das coisas. Dizia-se que o relógio fizera parte do mobiliário de uma sinagoga, já demolida, na Morávia; uma sinagoga em forma de torre, onde os fiéis se sentavam nos andares mais altos ou mais baixos, de acordo com as características de cada um, todos voltados para o interior da torre. Dizia-se que no vão que ia de cima até embaixo certo tipo de criaturas subiam e desciam, livremente, como se pisassem nos degraus de uma escada em espiral invisível, e meu pai buscava compreender os mistérios de tais criaturas. Parece que a contemplação do caminho que os ponteiros descreviam de uma a outra das letras daquele alfabeto aos poucos o instruía numa língua desconhecida de todos nós, a língua original cujas palavras tinham o poder de constituir as coisas. Quanto mais meu pai aprendia dessa língua, menos falava conosco: era um idioma reservado que obliterava as palavras do dia a dia; uma língua muda que permanecia estrangeira para todos nós, cujos vocábulos tinham se retirado do uso diário para denominar, exclusivamente, os feitos e as formas de outra esfera. E diante dos segredos dessa língua, tudo o que pertencia à nossa esfera quotidiana se tornava horrível e impuro, e quanto mais meu pai se aprofundava naqueles mistérios, mais ele nos observava com desprezo e má vontade, como se estivesse o tempo todo comparando nossa ínfima mortalidade com os arcanos secretos que aos poucos se revelavam a ele.

Enquanto eu andava por aquelas ruas, era como se tudo estivesse ali, ao alcance das minhas mãos: como se a nossa casa em Campos do Jordão não tivesse sido tragada pelo furacão da ganância, e nós ainda pudéssemos nos sentar na sala forrada de lambris de araucária para, junto da janela aberta, respirar o ar delicado da floresta, sentados naquelas espreguiçadeiras de madeira e de lona que eram as mais propícias para se passar horas mergulhado em grandes romances enquanto o sol descia devagar por trás dos pinheiros que meu avô tinha plantado, o jardim se enchia de sombras e o frio parecia subir da terra.

Sonhava, ali, com um romance judeo-alemão que fosse o romance dos romances, aquele livro imaginário que era a quintessência de todos os seus contemporâneos e predecessores, um frasco em que estivessem concentrados os perfumes de todas as plantas do bem tratado jardim da nossa *Bildung*. Ficava em algum ponto da Europa a nossa Jerusalém celeste – uma Jerusalém que era um mundo de ordem e de decência, de limpeza e de civilização.

Meu pai guardava zelosamente para si os segredos dos seus estudos. Mas minha mãe acreditava que, quando lhe fosse revelado o segredo dos segredos, todos ficaríamos sabendo. Acreditava que, no fundo, ele fazia tudo aquilo por nós.

Lembrando-me desses costumes singulares, sentei-me no mirante da rua Mococa. Em meu corpo ainda estava gravado o cansaço da festa de ontem na casa de Benya Krik, o chefe hereditário dos gângsteres judeus de São Paulo, que comemorava, ao lado de sua família, sua libertação de um presídio nos Estados Unidos, onde passara anos depois de ter sido preso por lavagem de dinheiro e tráfico de pedras preciosas. Vivia, com os seus, num apartamento calorento, em Perdizes, e para a festa tinha contratado um desses cantores que fazem sucesso em festas de *bar mitzvah* com músicas em iídiche e em hebraico. Os familiares de Krik, dentre os quais os primos de minha mulher, eram em sua maior parte gente honrada, que se sentia enlevada pela voz melodiosa do cantor, e muitos deles chegaram perto das lágrimas quando reverberaram os versos de clássicos desse doce repertório, como "A idiche Mamme", "Yerushalaim shel Zahav" ou "Shpil Balalaika",* enquanto Benya Krik, com suas faces gordas, sua careca lustrosa, seus olhos de porquinho rasgando as bochechas enceradas e seu relógio de ouro sorria numa grande poltrona, suava e gotejava amor por sua família. Garçons circulavam pela sala com copos de vodca gelada e bandejas de prata transbordando de grandes canapés de salmão e o olhar dos convidados naufragava na voz do cantor como se ele os levasse de volta ao Velho Mundo, cujo rumor tinham ouvido das bocas de seus avós – esse Velho Mundo que agora a vodca e o dinheiro lavava de todas as desgraças, dores e sofrimentos, e que ressurgia, assim, em suas imaginações, conduzidas pela música, pela bebida, transfigurado num universo de doçura e de gordura abundantes, capaz de fazer de todos diabéticos e obesos. Aquela era a grande festa da desforra, em que os sofrimentos e as dores acumulados nas diásporas de diásporas eram lavadas a grandes goles de bebidas fortes e pela música melosa e berrante, que recriava o paraíso de um *Shtetl*** imaginário, lustroso de gordura e de mel,

---

* Canções folclóricas da tradição iídiche e hebraica que significam, respectivamente, "Uma mãe judia", "Jerusalém de ouro" e "Toque a balalaica".

** Cidadezinha, em iídiche. Significa as aldeias judaicas que existiam na Europa Oriental desde a Idade Média até a década de 1930.

um *Shtetl* de colesterol e de açúcar, capaz de sufocar e de apagar as dores e de obliterar todos os sofrimentos.

E sobre esse mundo encantado regia o grande Benya Krik, aboletado em sua poltrona, e a cada tanto tirava do bolso um grande lenço para enxugar o suor que escorria copiosamente de seu rosto, jorrando como uma cascata pelo pescoço gordo, alojando-se na gola de sua camisa tal como os judeus que, varridos pelas perseguições, deixavam suas terras de origem e penetravam, a cada tanto, como a água, no tecido das terras estranhas.

Meus avós imaginavam-se emancipados desse destino judaico. Imaginavam terem se libertado dessa história tornando-se súditos do *Kaiser*. Os cacoetes, as ideias e a fala dos *Ostjuden** eram-lhes, se tanto, assunto de piadas, como as das velhas canções de cabaré vienense de Hermann Leopoldi. O mundo dos *Ostjuden*, por isso, tornara-se obsoleto para eles. Não havia, em nossa casa, adjetivo mais elevado do que *modern*. Herbert von Karajan, o Concorde, o Tergal, os aparelhos de som estereofônicos e a primeira calculadora eletrônica – um tijolo que pesava quase um quilo, que custou uma fortuna a meu avô – esses eram os perfumes que anunciavam a aproximação do Messias. E

---

* Judeus do Leste, em alemão. Este termo foi criado pelos judeus germanizados, que assim se referiam aos que permaneciam apegados ao legado cultural e religioso da tradição iídiche, do Leste europeu.

a Europa com suas lojas de departamentos era, na minha imaginação, o reino daquele Messias reluzente, com sua obsessão por funcionamentos impecáveis. Ali era a nossa terra-mãe e a nossa pátria, um lugar suspenso entre um mundo que já não era mais e outro que não viera a ser; um mundo que não tinha continuidade com aquele mundo que se estendia para além dos muros da nossa casa, e cujos sinais insistentes recebíamos com indignação e com desprezo, balançando a cabeça em sinal de reprovação, como meu avô fazia ao ouvir o noticiário da BBC de Londres em seu rádio de ondas curtas.

Restavam-nos agora aqueles farrapos, a cada ano mais decrépitos, como tábuas de salvação, e com eles íamos nos reduzindo e encolhendo como frutas sob o sol do deserto. Nossos sonhos se desfaziam no nada, como bolhas de bebidas gasosas que evaporam e deixam restos mornos e chocos.

VIII

A grande cheia

A segunda visita que fiz depois de receber a carta do Museu Judaico de Berlim foi à casa de *Frau* Liselotte Hopfen, que vivia no Alto da Boa Vista. Quando finalmente consegui ir até lá, ela já tinha morrido havia meses. Mas a casa permanecia intacta, e sua filha, Edith, uma mulher de seus setenta anos, recebeu-me muito cortesmente e logo depois de conversarmos um pouco sobre o projeto não hesitou em abrir gavetas e armários. Os imigrantes alemães, com seus hábitos sólidos e sua visão de mundo pragmática e, ao mesmo tempo, reverente aos encantos da natureza e da cultura, tendiam a chegar a idades bem avançadas. Logo entendi que a casa inteira deveria ser levada a Berlim. Quase todas as peças de mobiliário, louças, cristais, prataria, quadros e livros tinham sido trazidos da Alemanha em 1936, quando ainda era possível aos emigrantes levarem seus pertences. Mas no último instante a maior parte dos talheres de prata acabou confiscada pelo Reich: dias antes do embarque da família no luxuoso vapor *Cap Ancona*, da Hamburg Süd, foi baixado um decreto estabelecendo que cada família tinha o direito de levar só um garfo, uma faca e uma colher por pessoa. Assim, as caixas forradas de veludo vermelho, nas quais ficavam guardados os talheres, foram debulhadas a fim de cumprir rigorosamente o que estabelecia a lei, e foi nesse estado que as encontrei, na parte inferior de uma cristaleira, onde objetos delicados – cálices e xícaras, pratinhos, ornamentos de Murano e estatuetas de porcelana Meissen – refletiam os costumes opulentos da família no bairro residencial berlinense de Dahlem. "Quando minha mãe chegou aqui, encontrou emprego como governanta na casa de uma família na avenida Europa", contou Edith Hopfen-Sternfeld. "A casa era menor que a casa dos meus avós em Berlim." Olhei surpreso. "Sente-se aqui", ela apontou para o sofá verde e pesadão que tinha vindo de *drüben*, do outro lado. Num álbum de fotografias meticulosamente organizado estavam fotos do casarão de três andares de Dahlem, com o jardim imenso no fundo, cheio de pessegueiros, cerejeiras, pereiras e todo tipo de fruta vermelha. Numa das fotos aparecia o sofá pesadão; em outra, a cristaleira e a estante de livros com portas de madeira entalhada que era como um palácio de cultura, agora à minha frente, recheado com as obras completas de Gerhard Hauptman e de Grillparzer, de Heine e Schiller, Lessing e Goethe, Dostoievsky e Thomas Mann, Alfred Neuman e Tolstoi, e também Karl Emil Franzos, e Gustav Freytag e Georg Hermann, e tantos outros.

A casa no Alto da Boa Vista era um bangalô modesto para os padrões de 1940, num terreno imenso, onde cresciam abacateiros, mangueiras, laranjeiras e mamoeiros, quase um pedaço da terra meridional onde crescem os limoeiros dos desejos de Goethe.

Durante o passeio pelo jardim, Edith me mostrou as árvores da sua mãe, uma a uma, e também os vasos com orquídeas, que eram a paixão compartilhada daqueles imigrantes. Nos demorados silêncios que se faziam entre uma árvore e outra, era possível ouvir o canto dos passarinhos – e também o barulho dos carros na rua, antes modorrenta. As lembranças de Dahlem se insinuavam pela folhagem espessa do jardim. "Eu me lembro do dia de nossa partida. Conheci, aos sete anos de idade, a seriedade da vida – *den Ernst des Lebens*. Voltei para Berlim só em 1976 e, quando fomos visitar o lado leste, passei muito tempo na fila do controle de passaporte, numa estação subterrânea, cheia de cercas elétricas, guardas com metralhadoras, cachorros policiais. Só queria voltar para o meu Brasil", disse. Repartida entre o lá e o aqui, a nostalgia de Edith a acompanhava por toda parte.

Evidentemente isso tudo foi antes da chegada das grandes águas que inundaram esse nosso estranho mundo – as águas escuras que um dia emergiram do seu rio subterrâneo e arrastaram tudo, e agora só objetos dispersos e desconexos, salvos pelo imponderável do acaso, boiavam aqui e ali, perdidos naquela superfície escura e lodosa, e apareciam, por um instante, à minha frente, antes de serem tragados para sempre pelas sombras. Ali, sentado no mirante da rua Mococa, eu avistava a cidade, embaixo, e era como se visse essas coisas desaparecidas passando, levadas pelo fluxo pachorrento do rio Pinheiros, como num interminável cortejo fúnebre: cheiros, lembranças, palavras que iam para o leito morto do rio enquanto os ratos cruzavam as avenidas engorduradas da cidade nova e os perdulários erigiam seus castelos.

Bibliotecas inteiras passavam por ali: as obras completas de Schiller, em luxuosas encadernações de couro preto e papelão marmorizado, páginas finas e amareladas, zelosamente preservadas dos fungos e dos insetos por mãos meticulosas e organizadas agora passavam ali, rumo a seu jazigo perpétuo, abandonadas por herdeiros que não conheciam as letras góticas, e com Schiller iam também Goethe e Grillparzer, e todo o esplendor judeo-alemão da República de Weimar, já se dissolvendo no lodo do rio Pinheiros, em morte póstuma que era como a destruição de túmulos em cemitérios esquecidos e abandonados. Vinham das casas de velhos doentes, de casas abandonadas, e agora percorriam, pelas águas mortas, seu trajeto final à última estação de viagens que partiam de Viena, Berlim ou Czernowitz, de casas com jardim e apartamentos com varandas espaçosas, cruzava a Europa em vagões de carga e de gado e seguia nos porões dos vapores da Hamburg Süd. Em São Paulo tinham sido um silencioso asilo de um mundo devorado pelas chamas, o último bilhete de entrada para uma Europa desfeita.

Quantos daqueles livros, que agora eram despejados aos caixotões, tinham passado pelas mãos meticulosas do livreiro Stefan Geyerhahn, comprados com sacrifício antes de comporem as estantes de madeira escura, onde faziam as vezes de objetos de devoção? Ali iam as obras completas de Schiller, na austeridade de lombadas de couro preto gravadas com letras douradas, e Goethe, em 22 volumes marrons, cobertos de papelão marmorizado, e o cinzento Grillparzer, em volumes mais modestos, de páginas amareladas e quebradiças, nos desenhos tortuosos das letras góticas. E também pequenos volumes de Hölderlin e Rilke, Heine em quatro volumes verdes recobertos de linho e um *Buch der Lieder** de capa escarlate: "Mir träumte einst von wildem Liebesglühn,/ Von hübschen Locken, Myrten und Resede...".** Eram como lágrimas derramadas às margens dos rios da Babilônia.

Eu me apressei, correndo para a avenida Dr. Arnaldo, em busca do Lapa R, que me levaria para as partes baixas da cidade, para o bairro do grão-capitalismo, que se estendia às margens do rio Pinheiros, para ver de perto o que

---

* *O livro dos cânticos*, uma das mais apreciadas antologias poéticas de Heinrich Heine (1797-1856).

** "Sonhei, uma vez, com o selvagem ardor da vida,/ Com belos cachos, mirto e resedá..."

revia ali, observando o dia cinza sobre a cidade, do mirante da rua Mococa. E logo chegou o Lapa R, com seu rugido assustador, sacolejando sobre as ondas do asfalto como o Leviatã, e me tragou para o desalento das suas entranhas: agora os motores dos ônibus não eram mais ensurdecedores como antes, nem zuniam do interior de caixas pretas, ao lado do motorista, sob os dizeres grafados em branco, em letras rebuscadas: "Proibido falar com o motorista". E as alças de metal não eram mais tão sebosas como antes, e os bancos eram revestidos de plástico com estampas agradáveis. E mesmo o desconsolo dos passageiros era atenuado por telefones celulares, fones de música, joguinhos eletrônicos e o divertimento de uma tela de TV com anúncios e notícias. Eu me sentei e o ônibus arrancou, empurrando as minhas costas contra as estampas agradáveis do estofado de plástico, e logo já cruzávamos o viaduto da avenida Paulo VI e avistávamos os muros brancos do cemitério do Araçá, coroados com rolos de arame farpado. E a névoa que há pouco cobria a cidade, desaparecera: um dia de céu azul intenso regia a cidade, e a luz do outono mudava as cores de tudo: ficávamos atordoados com aquela luz. Mergulhávamos naquele azul intenso, na crista da cordilheira que dividia nossa cidade, antes que o ônibus se atirasse pela rua Cardeal Arcoverde, largando-se na ladeira, em direção aos círculos cada vez mais baixos. Primeiro viam-se nas janelas do ônibus fachadas de lojas aparentemente inocentes: pequenas tapeçarias com móveis escalpelados, que exibiam, sem vergonha, entranhas de madeira e de espuma; lavanderias muito corretas; oficinas de automóveis e lojas que vendiam espelhos e molduras decentes e oficinas de costura de aspecto modesto e irrepreensível. Mas já ao cruzar a avenida Henrique Schaumann e o semáforo apinhado de malabaristas, mendigos, inclusive uma mendiga obesa que decerto esbanjava todas as suas esmolas no McDonald's, na esquina da avenida Rebouças, e deparar-nos com os muros do cemitério São Paulo, coroados de arame farpado, começava a fazer-se sentir o espírito de sordidez que emanava da cidade baixa. Logo apareciam as lojas de móveis usados, que vendiam antiguidades falsas. À direita vinham as espeluncas e os hotéis suspeitos, as sobrelojas com venezianas sempre fechadas, os bares que atraíam desocupados de todos os tipos, criminosos ocasionais, recém-chegados à cidade em busca de uma condição, descarrilados. A atmosfera toda do bairro estava impregnada pela grande cratera que se abria à beira do rio Pinheiros, para engolir casas, motocicletas, uma perua inteira cheia de operários, como na história bíblica de Korach, e as emanações que vinham de dentro daquele grande túmulo aberto contagiavam o bairro como se do fundo da cratera brotassem criaturas do lodo, agentes de negócios escusos, portadores das malas pretas que circulavam por trás das fachadas de vidro espelhado dos arranha-céus da avenida das Nações Unidas. Uma nuvem escura como a fuligem chegava até a avenida Pedroso de Moraes, e nosso ônibus, ao dar de topo com ela, descendo a rua Cardeal Arcoverde, estremeceu, como um avião ao entrar em zona de turbulência. Uma pressão estufou a cabine do ônibus, de fora para dentro, oprimindo nossos tímpanos. Entramos na zona de tolerância. Placas de boas-vindas diante dos palácios do bingo lembravam Las Vegas, mas em sua pachorra interminável os passageiros do ônibus, vindos de Cidade Dutra, Cidade Ademar, acostumados a franquear dezenas de fronteiras em seus périplos pela cidade, permaneciam indiferentes, não percebiam a mudança de ares, a tudo aceitavam com tranquilidade bovina. Alguns tossiam, e enquanto eu contemplava aquela luz, lembrava-me da casa de nosso amigo Josef Twersky, no outro Alto da Boa Vista, o de Campos do Jordão, cujo nome era *Wallhalla.** Era a morada dos deuses exilados do paganismo germânico, que ele cultuava, metodicamente, em seus aparelhos de som trazidos da Europa, enquanto contemplava a vista da Pedra do Baú. Como para seus antepassados na Bucovina habsburga, para ele tudo o que era sublime vinha da Alemanha. Também os pais do nosso amigo Josef Twersky, de Czernowitz,** acreditavam que, tornando-se alemães, dariam fim aos sofrimentos do exílio, suportados pelos seus ancestrais. E quando a Europa os

---

* A morada dos deuses da mitologia germânica.

** Antiga capital da Bucovina habsburga, até 1918 uma província oriental do Império Austro-Húngaro, hoje parte da Ucrânia.

vomitou trouxeram esse sonho secreto para o Brasil, como um cristal envolto em veludo, um Santo Graal inesgotável que continuava a parir sonhos nas novas terras. De lá tinha jorrado aquela casa ensolarada nas montanhas, *Wallhalla*, e uma Alemanha metafísica era para nosso amigo refúgio dos desalentos da história e consolo para o desaparecimento dos lambris de madeira escura e das mesas espaçosas dos cafés de Czernowitz, onde se liam jornais em cinco línguas e onde os garçons eram oficiantes de rituais austro-húngaros. Acaso poderíamos dizer-lhe alguma coisa? Alegar que seu lugar era sob o sol massacrante da ideologia dos pioneiros do socialismo? Ou fazê-lo esquecer quem conduzira seus pais do gueto para a Europa? Ou, ainda, condená-lo às muralhas do talmudismo? No *Wallhalla* de nosso amigo Josef as óperas de Wagner eram ouvidas com reverência religiosa enquanto a lenha crepitava na lareira. Esse templo do paganismo germânico abria-se assim que o sol sumia atrás da Pedra do Baú: o caseiro acendia a lareira e ele ligava o aparelho de som.

E logo depois da curva surgiam os salões de beleza e as barbearias, permanentemente iluminados com luzes fluorescentes, que ofereciam cortes de cabelo a cinco reais, tinturas e permanentes a vinte, e as lojas de artigos de umbanda, onde os espíritos da África viviam em exílio, e as bancas com chás e ervas para todas as maleitas, enquanto um Porsche amarelo, conversível, passava ao nosso lado, dirigindo-se a um grande escritório da avenida Faria Lima.

Todas as manhãs nosso amigo Josef se levantava muito cedo, com o nascer do sol, quando o ar gelado da noite ainda estava impregnado de orvalho, e saía para andar pela floresta. Era a hora em que o canto dos passarinhos estava no auge e a vida penetrava pelas narinas e pelos poros, com os segredos que os homens tentam confinar nos templos. No seu *Wallhalla*, ele era o sacerdote daquelas divindades esquecidas.

Isto foi antes da chegada dos bandos de turistas que entupiram as ruas de Campos do Jordão com seus automóveis, antes das favelas na estrada do Alto da Boa Vista, antes do comércio sórdido de Capivari, onde turistas se embebedavam e se empanturravam e imaginavam a bem-aventurança dos que cruzam os mares a bordo dos jatos.

Depois voltavam, cada qual para o seu quadrado.

Com a passagem dos anos foram surgindo, à volta da casa do nosso amigo Josef, casas cada vez mais extravagantes: uma choupana da Floresta Negra, que parecia destinada a abrigar os membros de uma nova geração de gigantes, cujas paredes tinham mais de vinte metros de altura, uma multidão de corredores e aposentos de todos os tamanhos preenchendo seu interior; um *bunker* encravado na encosta como um grande tumor da natureza; um castelinho com fachadas revestidas de madeira e muitos terracinhos vermelhos com grades ornamentadas. De comum acordo, os proprietários de semelhantes moradias, todos enriquecidos por expedientes que absolutamente não se comenta, atearam fogo ao velho mirante, no auge do inverno, quando o madeiramento estava bem seco, para assim dar fim à vinda de visitantes indesejáveis e garantir o sossego e o bom gosto do bairro. E, para completar, plantaram árvores espessas, na calçada da rua de baixo, obstruindo a vista, que se tornou, assim, seu patrimônio particular.

Se música alemã, austro-alemã, especialmente do romantismo e da Segunda Escola de Viena, estava entre os caros tesouros dos imigrantes judeus da Europa Central e de seus descendentes, o nome de Richard Wagner e seu panteão de divindades arquigermânicas provocava-lhes arrepios de horror. As grandes paradas nazistas, as construções monumentais da Berlim da década de 1930, as leis raciais e as deportações – tudo isso lhes vinha à mente quando avistavam o portal de madeira no qual pendia uma placa trazendo o nome do Olimpo germânico, grafado em letras góticas. Imaginava-se, ao passar por ali, que aquela fosse a casa de um renitente oficial da *Wehrmacht** ou mesmo da SS, foragido para a América do Sul para desfrutar da música de Richard Wagner no terraço da sua casa.

Àquela época, nosso amigo Josef frequentava as temporadas de concertos em São Paulo – a do Mozarteum Brasileiro, favorita da poderosa colônia alemã de São Paulo,

* Exército alemão.

organizada em torno dos grandes conglomerados do grão-capitalismo, e a da Sociedade de Cultura Artística, cujo teatro ainda não fora devorado pelo grande incêndio de 2008. Aqui e lá os passos do nosso herege de Czernowitz eram acompanhados de rumores. Mas que lhe importavam as palavras dos tolos?

Enquanto isso o Lapa R alcançou o Largo da Batata – nossa Alexanderplatz cujas obras, como as do seu congênere berlinense, não acabavam nunca, e que culminariam tornando obsoletos, nesse antigo centro do comércio barato, os gostos populares. Os furtos famélicos e os crimes comezinhos davam lugar às pompas e cerimônias, aos falsos afetos, aos gestos vazios, às verossimilhanças epidérmicas e às imagens evanescentes que se multiplicavam pela avenida Faria Lima, emanações cujo epicentro era o Shopping Center Iguatemi. De lá se irradiavam, como de uma potente emissora, ondas que, despercebidas, dominavam o bairro inteiro e, nos últimos anos, alcançavam também o trecho para além da avenida Rebouças, fazendo da avenida Faria Lima um prolongamento paulistano de avenidas da grande metrópole, que pretendia insuflar nos passantes uma disposição de ânimo exaltada e um desejo irresistível de ostentação. Edifícios inteiros com janelas emparedadas, casarões em ruínas transformados em cortiços, bairros inteiros entregues à decrepitude e à negligência ficam para trás enquanto a linha de frente do *glamour* conquista cada vez novas fronteiras.

O Lapa R freou com um solavanco, impelindo para a frente os passageiros, e um clamor de vozes se ergueu como os fogos de artifício que ardem no distrito do *glamour*, do outro lado da avenida. Saltei do ônibus em frente ao Clube Pinheiros – a antiga Sociedade Germânia. Naquele mesmo ponto paravam os micro-ônibus que levavam a Nova São Paulo. A simples menção daquele nome, nos letreiros reluzentes do micro-ônibus branco e laranja, era suficiente para despertar na minha boca um sabor amargo: lembrava-me do porão onde jaziam, em escombros, os restos da casa de Campos do Jordão, cobertos de mofo e azinhavre. Atravessei, no passo ansioso das calçadas da avenida Brigadeiro Faria Lima, os metros de calçada do Clube Pinheiros, em direção ao Shopping Iguatemi.

IX

As cortinas

Um mundo de luz e de bem-aventurança; um mundo de bênçãos e de felicidade. Era o que se revelava aos meus olhos enquanto eu descia a rampa suave, de mármore reluzente, e galerias com tesouros maravilhosos partiam em todas as direções, em cima e embaixo: parecia-me que levariam diretamente aos corredores do Jelmoli*, na Bahnhofstraße** de Zurique; para as escadas rolantes do KDW*** de Berlim onde, eu suspeitava, a era messiânica já estava começando, onde já se distinguia nitidamente o ruído das asas do Messias. Um apetite voraz foi brotando nas minhas entranhas: as vitrines eram deleite para os olhos, eram as boas aparições de outra esfera que brilhavam na escuridão do nosso mundo.

---

* Loja de departamentos em Zurique.

** Rua da Estação de Trens, tradicional rua de comércio de luxo no centro de Zurique.

*** Kaufhaus des Westens, tradicional loja de departamentos na capital alemã.

Ao longo da nave de uma catedral os pequenos santuários se sucedem, enfileirados, com seus altares, principal e secundários, repletos de imagens ornamentadas, cercados por opulentas pinturas a óleo onde a luz das velas desenha cenários fantásticos e visões do mundo vindouro. Também ali pairavam as luzes da santidade: de cada porta aberta saíam fragmentos da música que martela das dez horas da manhã às dez horas da noite, e comanda a liturgia do maravilhamento, com o ritmo ardente das máquinas. Que promessas ofereciam-se ali, ao alcance das mãos, a um passo das mãos, em seus altares de vidro e de luz? Aos poucos uma disposição de ânimo exaltada foi tomando conta de mim, e minhas costas, ainda arqueadas pelo longo trajeto de ônibus, se endireitaram, fazendo estalar as vértebras comprimidas pelo barulho das ruas. O ar ali era fresco e os perfumes que as lojas emanavam eram inebriantes como o cheiro dos campos depois da chuva. Pequenas partes de tudo aquilo saíam pelos portais, em caixas e em sacolas, e uma cornucópia inesgotável derramava seus frutos. Não havia fim para a abundância, cada estação trazendo o que lhe cabia.

Um doce entusiasmo foi brotando no centro do meu peito, animando-me para ousadias cada vez mais espantosas. Uma loja oferecia calças esfarrapadas e os olhos dos passantes se deleitavam nos fiapos e no tecido esgarçado, expostos à luz cuidadosa de um refletor na penumbra da vitrine, e contemplavam o acaso dos rasgos e dos cortes como a culminação do talento de um artista, consumido pelo desejo de alcançar a perfeição pela obra de suas mãos, pela dedicação persistente e continuada, pela constância disciplinada e pela aplicação metódica das suas forças. Parecia-lhes tão admirável quanto as mais finas tapeçarias dos incas, bordadas com a lã de animais que habitavam as alturas dos Andes e respiram só o ar mais puro e rarefeito.

A vitrine assim iluminada nos lembrava a casa de nosso amigo Otto Hoffman, na rua Dona Berta, na Vila Mariana, sempre obscurecida por cortinas grossas que deixavam de fora a luz dura dos trópicos e estabeleciam ali um minúsculo reinado de penumbras europeias, adequadas à sua pele muito branca e fina. Seu rosto brilhava ante a mesa de trabalho iluminada pela lâmpada fraca do abajur de baquelite. Suas faces pálidas ressaltavam na sombra, como num retrato a óleo das velhas escolas flamengas, e suas mãos ossudas e muito brancas, com veias azuis salientes, manipulavam com diligência as fotografias em preto e branco que mostravam minha irmã e eu: ela com um vestidinho branco, segurando na mão um lenço engomado e a bolsinha branca de verniz; eu vestindo um paletó de Príncipe de Gales, calças curtas, escuras, e botinas engraxadas, como se fôssemos os filhos de diplomatas de reinos já inexistentes – filhos de diplomatas cuja nação fora extinta, e que tinham permanecido ali, no lugar de sua última missão, como um bloco de gelo destacado da calota polar que agora flutuava, solto, em águas quentes e revoltas, e aos poucos se dissolvia. Olhávamos para o futuro com desconfiança, com temor. Todas as promessas do progresso nos pareciam logros destinados a nos confinar em lugares cada vez mais estreitos, cada vez mais sufocantes, onde teríamos de lutar até mesmo pelo ar que enchia os nossos pulmões.

Na noite que antecedeu a nossa mudança da casa velha, na Vila Mariana, nossas empregadas Lina e Lotte, a do Norte e a do Sul, sentaram-se em volta da mesa da cozinha, junto aos azulejos amarelados, para chorar por muito tempo. Acho que pressentiam todas as desgraças que nos aguardavam no bairro novo: os vizinhos que eram fugitivos dos processos de desnazificação na Alemanha do pós-guerra e que tinham chegado ao Brasil pela Rat-Line;* os outros vizinhos que, durante a guerra, faziam parte da Quinta-Coluna e os que, segundo notícias publicadas no jornal, tinham abrigado Mengele por anos a fio. Em frente à padaria a polícia capturara Franz Wagner, carrasco de algum campo de extermínio. O pai de meu amigo Martin, com quem andava de bicicleta pelas ruas do Brooklin Velho, tinha sido membro da Waffen SS. E havia tantas faces misteriosas por trás dos portões de ferro do bairro – alemães com sotaque argentino; funcionários graduados de grandes empresas alemãs, que nos faziam estremecer de inveja com seus Mercedes-Benz reluzentes e que compravam,

---

* Organização clandestina que patrocinou a fuga de criminosos de guerra da Alemanha no pós-guerra.

na mercearia do português, aquelas latarias importadas de preços exorbitantes que nós desejávamos mas não podíamos pagar, ou aqueles biscoitos amanteigados que eram, simplesmente, *zu teuer*, caros demais. Eles nos olhavam com o desprezo reservado aos brasileiros de modo geral e, ainda que eu me empenhasse em falar alemão corretamente e poupasse a minha mesada para comprar livros alemães na livraria da rua Barão do Triunfo – ah!, o perfume que exalavam aquelas páginas só era comparável ao perfume que exalavam as malas dos meus avós, quando eles as abriam, mal tinham desembarcado do jato da Lufthansa, para de lá tirarem nossos presentes –, no fundo sabia que jamais haveria de ser um deles.

Meu pai já o sabia desde sempre e era por isso que empenhava todas as suas forças nas construções – e mais do que as suas forças, arrancando do seu sangue e das suas vísceras, por meio de café forte e de tabaco, aquelas energias que o transformavam num demiurgo. E com essas forças ampliava, ano após ano, suas coleções, que iam tomando os armários e as gavetas da nossa casa, e se derramavam sobre os assoalhos, que se enchiam de maravilhosos tapetes antigos do Oriente que eram deleite para os olhos, que ele buscava com a urgência de quem reúne os fragmentos de certo vaso partido.

Fazíamos parte daquela seita que, havia muito tempo, desistira de esperar pela chegada do Messias, e passara a recompor, com as próprias mãos, aquilo que, havia milênios, alimentava a ânsia e a nostalgia dos nossos ancestrais. Tínhamos desistido de confiar nas profecias, e assim cada qual arregaçava as mangas para, de armas em punho, construir seus templos.

Era assim que nossos amigos ostentavam suas bibliotecas e coleções de obras de arte, que eram o orgulho de famílias, de geração em geração. E quem, no luxo do seu altar próprio, lembrava-se do Templo em Jerusalém ou derramava lágrimas por suas muralhas?

Aos sábados pela manhã, naquele verão que sucedeu nossa mudança para o Brooklin, meu pai nos levava ao apartamento de certa dona Violeta, que vivia num prédio do começo do século, em plena avenida São João. O elevador subia pelo poço gradeado no meio da escadaria, como nos prédios de Viena, e a porta pantográfica ficava paralisada. Era uma velha encarquilhada, com a esperada cara de ameixa seca; o apartamento era entupido de cristais lapidados, quadros com molduras douradas em estilo rococó, móveis entalhados. Tapetes orientais de todas as cores atropelavam-se, lutando por um pouco de luz como folhas tropicais numa floresta espessa, e havia outros, ainda, enrolados num canto, perto da janela, para os quais ela indicava com a ponta de uma bengala como uma pastora cansada que aponta com seu bastão para suas ovelhas, enquanto meu pai ia dizendo os nomes de califados extintos do Oriente. E os tapetes, esplêndidos, iam se desenrolando à nossa frente, e meu pai os apalpava e revirava, olhava de perto e de longe, consultava um livro grosso em alemão – *Das große Orientteppich-Buch** –, finalmente perguntava o preço deste e daquele. Tapetes macios, de pontos miúdos e cores mirabolantes, iam se desenrolando diante dos nossos olhos. Dos fundos escuros brotavam formas que eram como visões. Então, do nada, meu pai escolhia um deles para redimi-lo da escuridão *ostjüdisch* do apartamento de dona Violeta, encontrava-lhe um lugar nos assoalhos amplos e nus da nossa casa, entranhada em meio ao bairro alemão, separada por muros altos das propriedades dos fugitivos dos processos de desnazificação e de seus descendentes. Entre Goethe e Schiller e os Mercedes-Benz reluzentes dos nossos vizinhos e a vulgaridade das cervejarias onde os alemães e outros nórdicos do bairro enchiam a cara de caipirinha, onde passava a fronteira?

O que eu invejava nos nossos vizinhos – e o que mais me assustava neles – era sua ousadia e seu destemor. Aparentemente não havia nada que pudesse assustá-los, eu os idolatrava e os desprezava por isso. Certa vez, andando de bicicleta pelo bairro, demos com um sujeito que morava na rua Zacharias de Góes. Ele andava com uma espingarda de chumbinho e, ao ver-nos, foi possuído pelo espírito de algum soldado alemão ou SS morto em combate, que o levou a disparar sobre nós. Enquanto fugíamos, peda-

---

* *O grande livro dos tapetes orientais.*

lando com todas as forças, desesperados, pela rua Martim Francisco, meu amigo Paul, que gostava de assistir a filmes de guerra, teve a ideia de dirigir em zigue-zague, e assim escapamos ilesos. Semanas mais tarde, quando íamos para a sinagoga, para o *Rosh Hashanah*,* e eu, lavado e vestido, sentado ao lado de minha avó no banco de trás do Daimler de segunda mão que meu pai comprara, emulando os gostos da aristocracia inglesa, e tendo diante dos meus olhos o colarinho branco e engomado que envolvia o pescoço de meu pai, vi o possuído pela janela, suado e imundo como convém a quem passa seus dias na rua, e o olhei, de dentro do nosso carro, de dentro das minhas roupas passadas, com nojo e desprezo, e ele viu, e aquilo me bastou por vingança, provisoriamente.

Mas o desejo de acertar as contas com ele não desgrudava de mim e à noite eu imaginava com todos os detalhes as torturas às quais o submeteria se conseguisse trancá-lo na câmara escura do meu avô, no subsolo da nossa casa. O sangue dos filhos de Esaú, então, clamava de dentro da terra, e não havia como lhe opor resistência. Empurrar para o lado, substituir, disfarçar – nada disso parecia possível quando esses gritos se levantavam.

Com a chegada do ano-novo, eu esperava que todos aqueles desejos fossem lavados pelas águas do esquecimen-

---

* O ano-novo judaico.

to e da purificação, e me punha debaixo do chuveiro por um tempo enorme, acabando com toda a água quente do *boiler* e irritando meu pai, que achava aquilo pura falta de consideração. E assim, de pouco em pouco, com a tenacidade do próprio tempo, aqueles desejos se atenuavam, desbotavam como panos ao sol, e abriam espaço para todo tipo de especulações mirabolantes.

Foi naquela época que meu pai nos ensinou a usar um pêndulo para medir e avaliar tudo o que a vida fosse colocando em nossos caminhos, uma ciência simples que lhe tinha sido passada por um feiticeiro alemão, um homenzinho vermelho e sorridente, com cara de duende, que ganhava a vida encontrando lençóis de água subterrâneos por meio de uma forquilha que ele segurava nas mãos, e que se inclinava para a terra, mostrando, com precisão, o melhor lugar para se escavar um poço. A técnica do pêndulo era bastante simples: uma casca de noz ou um pinhão, preso a um barbante, giraria em sentido horário, anti-horário ou em linha reta, conforme a situação ou coisa em questão fosse favorável, desfavorável ou indiferente. E o pêndulo, evidentemente, orientou-me a abandonar os meus desejos de vingança. Mas não a nossa estranha modalidade de apostasia.

Os muros do casarão deveriam nos separar, a princípio, de tudo o que fosse excessivamente brasileiro. Meus avós se assustavam com a inércia, com o desleixo e com o pouco-caso de tantas pessoas que desprezavam o trabalho e, uma vez chegadas ao Brasil, faziam só aquele mínimo necessário para a sobrevivência, e ainda assim com a tristeza de quem cumpre uma pena inescapável ou um castigo severo e não merecido. A alegria parecia estar em outra parte: nas noites de dança e de bebedeira; nos lundus herdados dos escravos; na exuberância dos morros cariocas, de onde a vida escorria sobre a cidade como o maná que o Criador derramara sobre os migrantes. Tudo muito duvidoso. Mas a confiança na Divina Providência era inesgotável naquelas terras onde querer era o bastante e onde os limites vinham da preguiça e da inépcia de cada qual.

Minha avó olhava para os que viviam do outro lado dos abismos com curiosidade, complacência, pena. Mas não os entendia. Nós também não. Buscávamos, ávidos, tudo o que, vindo da Europa, pudesse nos salvar de nos tornarmos assim. Porém as fronteiras estavam sempre em movimento e eu nunca sabia exatamente onde se encontravam. Na verdade, elas iam se fechando sobre mim, de todos os lados. Aqui eram os *Ostjuden* e lá os que eram ricos demais ou pobres demais ou estúpidos demais. Nossa casa ia encolhendo, espremida pelas muralhas que avançavam, em silêncio, uma noite depois da outra, e logo as paredes já estavam a um passo, e espreitavam, noite após noite, para avançarem ainda mais um pouco e ainda mais um pouco.

Era assim que os nossos domínios se reduziam cada vez mais e temíamos que logo chegaria o dia em que teríamos de alugar um dos nossos quartos a duas holandesas estranhas, de passagem pelo Brasil – uma delas adepta do sadomasoquismo, alguma loira truculenta, de cabelos cacheados, cujas patologias não correspondessem aos ideais de santidade que projetávamos sobre a Europa, e de quem suspeitaríamos de roubar canetas e relógios das nossas gavetas.

Mas a prosperidade permanecia nas mesas de *bridge* e nos chás da tarde da casa de minha avó, onde só era permitido falar alemão à mesa e de onde até mesmo minha irmã e eu éramos banidos por uma hierarquia silenciosa, que nos obrigava a nos contentar com os restos que Lotte trazia da sala de jantar, depois que as visitas tivessem terminado, e com o chá frio e amargo que restava no fundo do bule.

Sonhávamos com o dia em que poderíamos partilhar daquela mesa, que era aos nossos olhos como a reunião dos doze apóstolos, e temíamos, mais que tudo, que aquele dia não chegasse nunca. "As visitas" era o nome que se dava àquelas pessoas especialmente arrumadas, para as quais se preparavam, sob os nossos olhares invejosos, pratos que não comíamos nos dias comuns. As visitas estão chegando. As visitas estão na sala. As visitas. As visitas. As visitas. Tudo o que se relacionava com essas criaturas míticas, que atravessavam devagar o jardim, raspando os saltos altos no mosaico português que levava do portão das visitas até a porta das visitas, em pequenas comitivas, envoltas por um halo de perfume, por sedas italianas e por uma nuvem de palavras pronunciadas num alemão antigo, redolente a Biedermeier* e Stefan Zweig – tudo o que se relacionava a essas criaturas que eram como aparições vindas de outro mundo para nossa casa estava protegido por tabus e proibições. Para as visitas tiravam-se das gavetas os talheres de prata pesados que meus bisavós ganharam de presente de casamento em Preßburg e a porcelana Schönfeld, que nós só víamos duas vezes por ano, em *Pessach*** e em *Rosh Hashanah*. A aproximação da hora da chegada das visitas criava um clima de suspense, que chegava ao auge quando a campainha soava, exatamente no horário combinado. Nós nos tornávamos, então, os espiões daquele espetáculo de *feine Leute*, pessoas finas cujos gestos escolhidos, trajes elegantes e, sobretudo, palavras admiráveis, que as elevavam bem acima dos mortais comuns. Jamais seria possível imaginar que fossem capazes de um gesto ou pensamento vulgar. Era como se, às vezes, eles escapassem, de repente, dos grossos volumes de literatura alemã em letras góticas que enchiam as prateleiras da sala de minha avó, e vies-

---

* O termo se refere às sensibilidades estéticas da classe média da Europa Central, nas primeiras décadas do século XIX, caracterizadas pelo culto à interioridade e ao aconchego da vida doméstica, em uma espécie de romantismo domado e transformado em convenção.

** A Páscoa judaica.

sem passar algumas horas conosco antes de voltarem para os seus lares de papel amarelado. Saíam, especialmente, das obras completas de Georg Hermann, aquele devoto de Goethe e Schiller que terminou nas câmaras de gás de Auschwitz, sufocado pelo gás alemão, jazendo com os excrementos dos *Ostjuden* que ele execrara em seus livros. Ou haveria, nas câmaras de gás de Auschwitz, sessões separadas para judeus conforme a sua língua, sua cultura e sua cidade de origem?

X

Bom Retiro, Melhor Retiro

Certa vez, num sábado de manhã, meu pai anunciou uma expedição ao Bom Retiro. Iríamos em busca de pão preto e de *kasha*,* iguarias cujo nome meu pai glorificava e enaltecia como o fizeram os nossos antepassados. Depois que voltávamos de semelhantes expedições, o cheiro do *kasha* cozinhando lentamente na grande panela de alumínio Rochedo, sobre o fogão de perninhas, escapava da cozinha pela porta entreaberta e se espalhava pela casa: um cheiro vulgar e penetrante, um cheiro de desalento e necessidade, e quando o cereal cinzento aparecia sobre a mesa do almoço, fumegante, eu me sentia insultado e ofendido. Mas meu pai comia aquilo com carne de panela, à moda egípcia, e molho, e engolia cerveja entre uma garfada e outra. Assim, quando ele anunciou que iríamos ao Bom Retiro para comprar *kasha*, um presságio ruim atravessou meu estômago. Era uma manhã de sol e de

---

* Trigo-sarraceno, em russo e em iídiche.

calor, e no rádio do carro, não sei por quê, meu pai sintonizou uma estação que transmitia em alemão, e tocava velhos *Schlager.** Nunca tínhamos ouvido aquela estação de rádio, nem voltei a ouvi-la depois daquele dia. Talvez devesse servir como uma forma de antídoto para aquela visita ao bairro judeu? As calçadas cheias de gente não me pareciam muito diferentes das outras calçadas do centro da cidade, mas eu sabia que, em algum ponto daquele trajeto, tínhamos cruzado uma fronteira invisível, pois a cada tanto minha mãe apontava pela janela, para este e para aquele lado, e no meio da multidão, como que eleitos por algum destino especial, destacavam-se os homens de capotes pretos, chapéus e barbas, cuja alvura parecia vinda de outro mundo, e uma expressão horrenda acompanhava a palavra "ortodoxo", que esvoaçava deste para aquele lado da cabine calorenta do nosso carro, acompanhando os gestos nervosos de minha mãe e interrompendo a transmissão da voz de velhinha bem-humorada da apresentadora do programa de *Schlager* da rádio alemã. Era como se fantasmas estivessem vagando pelas calçadas naquela manhã de sol, seguidas por crianças que não se davam conta do macabro da situação. Eu não sabia que eram sábios piedosos, isolados e incapazes de falar a língua do lugar em que viviam. E a voz da velhinha bondosa, que falava alemão

---

* Músicas populares alemãs.

pelo rádio, era como a da dona da casa do pão de gengibre, a doce senhorinha cujo forno dava à luz as luxuriantes bolachas amanteigadas que eram vendidas na mercearia do português, cuidadosamente arrumadas em fileiras de oito, em saquinhos transparentes e crocantes, fechados com rótulos de cartolina, com letras góticas e com desenhos coloridos da Branca de Neve e dos Sete Anões, moedas grossas e açucaradas que estalavam nos dentes, desciam para o estômago aos cacos, para se dissolverem, numa felicidade untuosa, uma felicidade que subia pelo peito e fazia meu rosto reluzir. Mas nossa viagem ao Bom Retiro era em busca de outras especialidades, e assim que descemos do carro para entrar na mercearia apinhada, me vi diante de um colossal barril cheio de *herring*.* As matronas judias ainda se davam o trabalho de comprar os peixes inteiros, desossá-los, cortá-los em filés, temperá-los. Consideravam uma vergonha comprar comida pronta. O barril emanava um cheiro forte de mar e trazia àquele gueto em pedaços a memória de outras terras, como se não houvesse nada de novo sob o sol. A vista dos peixes boiando na salmoura proporcionava algum conforto à minha mãe, porque seu olhar se demorou ali antes de entrar no lufa-lufa da mercearia.

As coisas, lá, evidentemente, nunca eram só o que eram. O barril de arenques era também uma aldeia na paisagem

---

* Arenque em salmoura, em iídiche.

pantanosa da Galícia Oriental; seu cheiro era o de peixe salgado misturado à neblina das noites frias, dos casebres onde famílias de muitos membros se aqueciam debaixo de sacos grossos de plumas.

Havia também outro barril grande, com pepinos em conserva, que imediatamente atraiu a atenção de meu pai, e antes que ele pudesse arrancar minha mãe do fascínio heliotrópico que mantinha seus olhos pregados no barril de *herring*, uma moça ofereceu a meu pai um daqueles pepinos reluzentes, pingando de salmoura. Para meu alívio, ele recusou com um sorriso educado.

Finalmente, quando partimos de lá, levávamos pacotes de *kasha*, de papel pardo amarrado com barbante, pães, e *herrings* envoltos em jornal. As nervuras dos arenques deixavam marcas no papel de embrulho, como se ele fosse um sudário. Meu pai desligou a rádio alemã. Uma parte dos *herrings* seria levada à casa de minha avó materna, no domingo, quando a visitávamos no apartamento pequeno e frio na rua dos Pinheiros, bem em frente à avenida Brasil. Um clima de suspense que nunca cedia pairava no ar, ali. Às vezes, os muitos gritos silenciados ao longo dos anos irrompiam subitamente na sala de chão encerado, sem tapetes, nas paredes nuas e brancas do apartamento de aluguel, que não se podia estragar com pregos nem quadros, nos móveis, cobertos por capas brancas, à espera do dia em que finalmente pudéssemos enxergar seu estofamento, cuja cor eu desconhecia. E então meu tio Boris, sempre sentado na poltrona do canto, trajando seus ternos de tecido lustroso, os óculos pesados com grossas lentes verde-escuras e um charuto entre os dedos, vociferava em iídiche, enfurecia minha mãe e meus tios, fazia minha avó retorcer as mãos, às vezes arrancava lágrimas dos seus olhos. Depois de uns instantes tudo se acalmava. Minha avó trazia da cozinha os copos de cristal e os colocava na ponta da mesa, na parte coberta por uma toalha pequena, e as garrafinhas de guaraná e de soda limonada – bebidas que eram proibidas na nossa casa – e o prato com umas bolachinhas redondas meio tristonhas que ela fazia, decoradas, no meio, com um pedacinho de goiabada grudenta, e um dos meus tios ligava a televisão de pernas esguias e gabinete de madeira, sempre lustrosa, que ficava num canto da sala, e o locutor esportivo metralhava os lances do jogo de futebol. Mais alguns suspiros e todos se conformavam. Para meu pai, aquelas visitas nas tardes de domingo eram mais das obrigações que azedavam sua vida. Estendia uma longa sombra sobre o fim de semana.

A atmosfera desolada do apartamento já se abatia sobre ele como uma pena quando entravamos no carro a caminho da rua dos Pinheiros. Era como se estivéssemos partindo para uma visita aos mortos. Minha irmã e eu tínhamos de vestir roupas engomadas e duras e calçar botinas engraxadas para que, quando a avó apertasse nossas bochechas com seus dedos ossudos, nos sentíssemos dentro de uma armadura, pois nada aterrorizava mais minha mãe do que a possibilidade de ser acusada de desleixo. Meu tio agarrava nossas cabeças e beijava nossas bochechas. Aos poucos uma expressão aborrecida ia distorcendo as faces do meu pai e, no amargor dos cigarros, ele buscava descanso para algum sofrimento que não tinha nome. De quando em quando, meu tio mais velho emitia um tipo de grunhido, um som produzido pela glote que lhe saía pelo nariz ao expirar, como se quisesse expulsar algum caroço entalado nas vias respiratórias. Ninguém parecia incomodar-se com isso: seus ruídos pareciam tão naturais quanto os estalos do pêndulo do carrilhão envidraçado, atrás da poltrona sem braços, mumificada numa capa branca que ia até o chão, sobre a qual meu tio Boris observava tudo. O pêndulo prateado mastigava as horas, raivoso, com a lembrança de tempos melhores. Meus tios fingiam não lhe dar atenção e observavam o jogo na televisão. Meus primos e eu, enquanto isso, nos púnhamos debaixo da mesa e brincávamos que éramos os moradores de uma cidade tomada pela lava de uma grande erupção e que ali era o nosso refúgio.

Depois, meu tio Boris desapareceu. Aos poucos se tornou claro que ele namorava uma *schickse*,* e que se juntara com ela, vivendo em abominação. Minha avó, e com ela meus tios, o desprezavam por isso e ele recolheu-se à sua vergonha e não se deixara mais ver. Meus tios, de

---

* Gentia, em iídiche.

tempos em tempos, o encontravam, em segredo. Depois que ele desapareceu, seu nome continuava a manifestar-se naquelas tardes de domingo, voava de um lado a outro da sala, como um grande inseto enlouquecido, e se chocava com o vidro da janela, com a parede, com o ominoso carrilhão. Depois se cansavam desse jogo de peteca. A sala era estreita demais e logo se instalava a apatia resignada e melancólica de quem se entrega ao destino de braços cruzados.

Voltávamos bem tarde para casa.

XI

As pontes

Do outro lado do rio ficavam os casarões erigidos às pressas, com o dinheiro fácil, e as ruas, mal abertas, entre os eucaliptais esquecidos, enchiam-se de paredes, de janelas cegas, de enormes vazios cobertos, tragavam tudo o que passasse por suas órbitas, e os caminhões fumarentos não tardavam, arrastando primeiro a mobília pesada e os grandes televisores, e logo a cornucópia dos objetos que ocupavam círculos cada vez mais afastados de hierarquias tantalizantes, indecifráveis. E mais adiante eram os prédios abomináveis, que brotavam da terra virgem, moradas de odores nauseabundos, cujo crescimento observávamos com pesar.

No mirante da rua Mococa eu esperava pela visita de algum anjo que me anunciasse a destruição iminente daqueles bairros perversos, porém como não vinha o dia de tal visitação, nos resignávamos com seu adiamento. Mas eu não duvidava da precariedade daquelas instalações. Somente a vista de uma gigantesca usina siderúrgica em Duisburg, Alemanha – uma planície desolada e cinza, numa manhã escura, as pilhas de carvão, colossais, a céu aberto, os altos-fornos ardendo, noite e dia, nutridos por três turnos de operários turcos chamuscados pelas labaredas –, era mais deprimente.

E foi assim que aquela visão me lembrou do tempo que passei na Alemanha, escondido no porão da viúva Possekel, Am Finkenacker 6, no auge da violência do inverno, quando as chuvas e as nuvens grossas encobriam as poucas horas de luz, e ao voltar da siderúrgica buscava consolo em cigarros *Virginia Slims* e em copinhos de uísque. Dias de caminhadas solitárias nas ordenadas calçadas alemãs, onde eu tentava me proteger da chuva, do vento e dos venenos dentro do casaco herdado de meu avô, e com as memórias da *Mitteleuropa*,* que eu forçava, ingenuamente, a corresponder aos letreiros luminosos e aos prédios cinzentos construídos às pressas, no pós-guerra, naquela cidade industrial. Imaginava, detrás da grosseria mesquinha das atendentes de quiosques e das garçonetes da *Kneipe*,** a elegância europeia dos cinemas, e via nos táxis Mercedes-Benz o luxo que invejávamos em nossos vizinhos. Ao falar, engolia a última sílaba dos substantivos e pronomes, para assim tentar esconder minhas dúvidas quanto às desinências corretas, e imaginava saborear, em

---

* Europa Central, em alemão.

** Bar, em alemão.

pratos ordinários como o *Strammer Max** da *Kneipe* ou na comida ordinária do refeitório da siderúrgica, engolida em meio a goles de cerveja, as iguarias que invejávamos nas prateleiras de produtos importados da mercearia do português. Cada pedacinho de papel, cada rótulo, cada peça oferecida nas lojas de departamentos me parecia portador de cultura. E com essas pequenas lendas me mantinha vivo ali, naquela longa viagem pelos subterrâneos, como se devesse me convencer de que tinha alcançado uma terra prometida, e não uma terra onde o sangue dos mortos clamava; uma terra onde as bênçãos do progresso tornavam a vida mais doce a cada dia que passava, onde até os bondes tinham vagão-restaurante, onde se podia comer salsichas e tomar café aguado, e não uma terra povoada de fantasmas. Nos casarões iluminados que eu via à noite, andando pelas calçadas de Duisburg-Ungelsheim, alemães acumulavam seus tesouros, e não havia fim para a opulência. Ali, como aqui, me parecia que meu lar ficara do outro lado, *drüben*. Restava a desolação do inverno, da indústria, da solidão. Ou o castigo da sinagoga. Antes de partir naquela viagem, meu pai me recomendou que eu me lembrasse, às vezes, de visitar uma sinagoga, como se eu devesse me lembrar de algum mal congênito esquecido, de algum defeito incurável que eu me esforçava por esconder. Também me

---

* Prato à base de ovos e presunto.

recomendou a loja de departamentos Kaufhof, na cidade vizinha de Düsseldorf. Algumas das suas recomendações eu seguia, outras não. As roupas elegantes, em extravagantes combinações de casacões de inverno, de *Loden** alpino, cachecóis escoceses de lã, paletós, camisas e gravatas, que eram exibidas nas vitrines estonteantes de uma loja de roupas finas na Königsallee,** lembravam-me do guarda-roupa de meu avô. Capturavam minha imaginação e, sempre que ia a Düsseldorf, passava muito tempo contemplando as tramas e cores dos tecidos, as texturas e formas que se sobrepunham nos manequins e que eram, para meus olhos, como as imagens que os católicos contemplavam nas suas igrejas. Depois percorria as araras do Kaufhof em busca de saldos e lutava para encaixar meu ânimo exaltado no orçamento exíguo e, na manhã seguinte, no escritório, comparava as minhas roupas novas às dos executivos da grande siderúrgica. E então eu me lembrava das gavetas baixinhas do guarda-roupa do meu avô, onde ficavam guardadas as camisas brancas, de um tecido etéreo, que eu imaginava vindas do outro mundo, com monogramas azuis que eram como marcas-d'água.

Aos poucos, a melancolia no porão da viúva Possekel, Am Finkenacker 6, Duisburg-Ungelsheim, foi extinguin-

---

* Tecido pesado de lã.

** Rua no centro de Düsseldorf.

do a luz de todas aquelas ilusões: camisas tornavam-se simplesmente camisas que precisavam ser lavadas com Persil na pia da viúva, e que o outro inquilino da velha senhora, meu vizinho *Herr* Axel Kulgemayer, passava a ferro, ao contrário de mim, pois tinha em seu quarto um ferro elétrico e uma tábua de passar roupa, além de um automóvel Ford Taunus da cor laranja. *Alles sehr schön. Alles wie es sich gehört.* Tudo muito bonito. Tudo como deve ser. Ela mesma, a viúva, com seu sobrado e seus quartos alugados, vivia ali uma espécie de desterro. Certa vez, chegando em casa um pouco mais tarde do que de costume, por causa de uma breve e embaraçosa noitada na *Kneipe*, eu a surpreendi assistindo, na TV, a um documentário sobre os campos de extermínio da Alemanha nazista e, embora evidentemente nunca lhe tivesse dito uma palavra a respeito das minhas origens, nem houvesse, na minha pronúncia do alemão, nenhum sinal, ainda que remoto, do iídiche que eu ouvia, nas tardes de domingo, na casa de minha avó materna, ela imediatamente se pôs a narrar, como a título de desculpas, seus padecimentos durante a guerra: ela e o marido eram de Königsberg, Ostpreußen, hoje Kaliningrad, Rússia, e tinha atravessado com os seus pertences numa carroça a Alemanha destruída, em sua fuga para o Ocidente. Arrancada de sua *Heimat*, ela era também, apesar das cortinas encantadoras nas suas vidraças, e apesar dos maravilhosos utensílios Bosch em sua cozinha, uma desterrada, na Alemanha desnazificada de todo o mal.

Mas para onde fora o conforto *Biedermeier* que eu imaginava reencontrar, intacto, em meio aos papéis de parede e ao piso acarpetado? Eu esperava por sua ressurreição, com piedade comovente, e em segredo buscava, por entre os prédios desencantados, construídos às pressas no pós-guerra, resquícios daquela Alemanha silenciosa que era a pátria de Johannes Brahms, e no fundo das latarias e dos pacotes de comidas industrializadas – iogurtes e frios, tubos de maionese e pães pretos – os sabores da velha Europa que povoavam a nostalgia dos meus avós. De minha avó que buscava conformar-se em substituir, nas receitas trazidas do outro lado, as amêndoas por castanhas de caju. De meu avô que, quando encontrava framboesas e amoras em Campos do Jordão, narrava os sabores de outras frutas que jamais encontraríamos: *Weichseln*, *Johannisbeeren* e *Preiselbeeren*, que nem sequer tinham nomes em português. Eram frutas que tinham o gosto das paisagens da Floresta Negra, onde se passavam os contos reunidos pelos irmãos Grimm, e eu buscava os restos daquela paisagem nos parques e jardins de Duisburg-Ungelsheim, e sonhava com o dia em que poderia viajar para a Floresta Negra. Mais um ou dois anos e eu poderia me hospedar num daqueles hotéis antigos com balneário próprio, diante de um grande pinheiral, e desfrutar do silêncio do grande salão envidraçado; do café da manhã, cheio do aroma de frutas que não tinham nome em português e de pães frescos, e na hora do café da tarde me sentar no terraço, em frente ao bosque, para devorar quantidades de *Strudel* morno repleto de *Schlagobers.**

"Como se" era a fórmula mágica, nunca pronunciada, que governava as salas de visitas de parentes e de amigos que, em São Paulo e em Tel Aviv, em West Hampstead e em Queens, em Santo Amaro, em Rolândia e no Rio de Janeiro, tinham reconstruído suas ruínas depois que o grande vento que soprava do Paraíso os tinha vomitado em praias desconhecidas. Conversavam sobre livros alemães como se, e sobre viagens a estações termais na Alemanha como se, e organizavam viagens em grupo para fazerem as curas de águas em Karlsbad como se, e observavam as montanhas e o céu de Campos do Jordão como se. Então, numa tarde de janeiro, no campo da siderúrgica, sob nuvens pesadas que logo começaram a se derramar em neve, eu olhei bem para os altos-fornos da siderúrgica, para as montanhas de carvão. Mas me recusava a acreditar que não era mais possível viver como se e, em vez de me lembrar dos fornos crematórios de Auschwitz, pensava nos banhos termais de Bad Herrenalb, na Floresta Negra, onde nosso rabino Kalonymus Pollack costumava descansar uma vez por ano, e de onde voltava bem-humorado, com a pele reluzente e lisa, como se tivesse sido desmembrado em pedaços pela deusa Weleda e mergulhado num grande caldeirão fervente de poções escuras,

---

* Creme *chantilly*, em alemão.

renascendo, purificado e rejuvenescido, para mais um ano nos trópicos. Seu exílio que era ritualmente suspenso naquelas horas do dia em que ele tomava suas colheradas de xarope de *Wacholder** e engolia as cápsulas de KH-3, que vinham em caixas de plástico cor de marfim com grandes letras vermelhas, e se assemelhavam àquelas cápsulas com as quais os astronautas se alimentavam em suas viagens à Lua. E o estoque de KH-3 que ele trazia em sua mala, a bordo dos jatos da Lufthansa, também deveria sustentá-lo por um longo ano naquele outro planeta chamado Brasil, até que pudesse retornar ao grande caldeirão da Floresta Negra, no ano seguinte.

Para mim não havia banhos nem cápsulas misteriosas. E ainda assim eu não sonhava com as tamareiras que crescem nas plantações irrigadas à beira do mar Morto, nem com as pedras e muralhas de Jerusalém, que o sol tinge de dourado quando chega ao Ocidente e se põe sobre o mar de Tel Aviv.

O rabino Kalonymus Pollack partira de Posen, na Polônia prussiana, para dirigir-se à terra prometida da modernidade alemã e da Wissenschaft des Judentums.** Tornou-se rabino reformista judeu por profissão e alemão por cidada-

---

* Fruta silvestre com virtudes terapêuticas.

** A ciência do judaísmo: movimento religioso e acadêmico que se empenhava em reconciliar a tradição judaica com a mentalidade do Iluminismo e do século XIX.

nia. Poucas semanas antes do meu *bar mitzvah*, ele veio à nossa casa e eu fui chamado para uma audiência particular no escritório de meu avô, que nos deixara a todos órfãos poucos meses antes. Quando entrei no escritório, a persiana estava baixada e o lustre derramava uma luz agonizante, que me fazia pensar nos últimos dias de meu avô, quando ele lutava contra o enfisema que o levaria de nós, sentado junto à mesa redonda, ofegando. O ar produzia roncos e chiados ao passar por suas vias respiratórias, e não bastava: ele arfava, e suas mãos, com as unhas roxas, seguravam o tampo da mesa como se quisessem se agarrar à vida, e ele cerrava os olhos, pressionava a cabeça contra o encosto da cadeira, e eu, estranhamente, não pensava que estivesse para morrer. Acreditávamos nos médicos e nos seus milagres de cápsulas berrantes, que logo restituiriam a saúde ao nosso *Opa*.* Depois, ele sumiu de casa numa manhã cinzenta, levado por uma ambulância do Hospital Israelita Albert Einstein e eu compreendi que não o veria mais. Assim, quando abri a porta do escritório de meu avô e dei com o rabino Kalonymus Pollack sentado diante da mesa de jacarandá de meu avô, meu sangue gelou. Ele me olhou através das lentes grossas de seus óculos de massa preta, que faziam seus olhinhos puxados saltarem do rosto como os de um sapo, deu um sorriso profissional e logo

* Vovô, em alemão.

retomando a expressão carrancuda e pomposa que cobria seu rosto nas horas em que desempenhava seus deveres profissionais, ordenou "sente-se" e apontou para a cadeira giratória de meu avô. Tivera a gentileza de se sentar na cadeira do visitante. Ou, mais provavelmente, o fizera só para não ficar de costas para a porta e não ser surpreendido pela minha entrada. Sua voz era como os ventos que vêm de Ostpreußen e varrem as calçadas berlinenses no inverno, sibilando entre as colunas do *Brandenburger Tor*[*] e trazendo o cheiro das planícies siberianas que endurece o coração dos alemães. Ele mesmo, convicto de que se tornara prussiano até os ossos, e até a medula, guardava a ordem da Cruz de Ferro de primeiro grau com a qual seu pai tinha sido condecorado na Primeira Guerra Mundial, e como se a ostentasse no peito, como um título de nobreza hereditário, apontou com a palma da mão aberta para a cadeira de meu avô. "Diga por que você quer fazer *bar mitzvah*", disse ele, muito vagarosamente, saboreando cada uma das suas palavras e me observando impassível como um cientista austero que observa os efeitos de um veneno poderoso sobre ratinhos brancos que se contorcem em espasmos e reviram os olhinhos vermelhos à sua frente. O sangue deixou as minhas faces por um instante para logo voltar numa enxurrada, bombeado pelo meu coração

---

* O portão de Brandenburgo, no centro de Berlim.

furioso. Meus poros pareciam a ponto de explodir de calor e de vermelhidão, e eu imaginava que o sangue estivesse jorrando pela minha pele. Na verdade, eram só gotas de suor frio. O eco gelado da voz do rabino pairava no escritório de meu avô como uma lufada de ar alemão – o mesmo ar que soprava do condicionador de ar Admiral Princesa, e que aliviava as tardes calorentas, agora me paralisava. Agarrei os braços da cadeira e, enquanto girava para a direita e para a esquerda, compulsivamente, meus lábios permaneciam travados e os meus olhos fixos nos olhos dele, agigantados por óculos que pareciam observar todos os meus segredos mais íntimos, nada lhes permanecendo oculto. Sua pergunta me acompanhou por meses, até que me vi outra vez frente a frente com o rabino Pollack, no auditório do Hospital Israelita Albert Einstein, que foi alugado especialmente para o *bar mitzvah* porque meus pais achavam a sinagoga excessivamente comum, desde que meu avô se desentendera com os dirigentes, que eram sionistas, enquanto para ele nós deveríamos simplesmente ser cidadãos leais de nosso país, de religião israelita.

Era como se ele contemplasse, do topo dos arranha-céus do mundo civilizado, os trópicos animalescos onde eu viera ao mundo e onde certamente triunfavam os aspectos menos favoráveis da minha natureza, de maneira que estávamos fadados a pôr a perder tudo o que ele e seus antepassados tinham conquistado na Europa: jamais aprenderíamos a falar e a escrever alemão como se deve, nem conheceríamos nenhuma filosofia. Éramos criaturas das Américas, às quais restava contemplar aqueles vultos ilustres como quem percorre as galerias de um grande museu e observa os rostos de reis e príncipes imortalizados nas telas dos pintores da corte.

Não havia, para mim, um nexo visível ou mesmo concebível a ligar esses três mundos – o das desérticas narrativas bíblicas, o daquelas figuras monumentais de língua alemã e o das ruas brasileiras e dos ônibus abarrotados.

Meu avô, que parecia prestes a descobrir o segredo que unia esses mundos disparatados, havia meses tinha nos deixado para sempre, sem nos revelar um milímetro que fosse das suas descobertas, e assim o segredo que o devorava por entre os dentes, que o levara a envenenar-se tenazmente com cigarros, e que o fazia ofegar, em seus últimos meses de vida, quando parecia a ponto de encontrar uma resposta para suas perplexidades, desapareceu com ele na manhã em que o levaram ao Hospital Israelita Albert Einstein. Por que tínhamos sido atirados ali? Onde era o nosso lugar verdadeiro? As respostas a essas perguntas que nos atormentavam, mas que nunca tínhamos coragem de formular, tinham sido levadas à sepultura com ele naquela manhã horrível em que minha mãe veio nos buscar mais cedo na escola para nos levar até junto de nossa avó, já toda vestida de preto, com os olhos cheios de sangue.

XII

As pontes (2)

Algumas semanas depois que meus avós chegavam das suas viagens à Europa, os *slides* ficavam prontos. Preparava-se, então, uma sessão solene. O jantar era servido meia hora mais cedo e meu avô aprontava a sala meticulosamente, como um mistagogo. A maior de suas telas de projeção, de marca Radiant, era estendida, e o projetor, com seu ventilador que zumbia, absoluto, na sala silenciosa, era instalado sobre uma mesinha de ferro fundido azul. Logo que terminávamos o jantar, nos sentávamos em lugares previamente estabelecidos, calculados para que ninguém tivesse um milímetro sequer de sua visão obstruída, assim arriscando-se a perder algum fragmento daquelas imagens noturnas, e nos preparávamos para absorver as visões inestimáveis. As cortinas pesadas já haviam sido fechadas por meu avô antes do jantar, para impedir que qualquer raio da luz amarela e profana da iluminação pública viesse contaminar aquelas imagens puras. Meu avô arrastava a espessa porta de correr de madeira escura que dava para a sala de jantar e as luzes da sala se apagavam enquanto um halo de luz amarela se irradiava pela tela. A voz de meu avô, então, se transformava: era um demiurgo celebrando um ritual secreto. Um mundo iluminado e ordenado chamado Europa, ou simplesmente *drüben*, surgia à nossa frente. Eram instantâneos de outro universo, cujos caminhos e leis só meu avô conhecia – e agora ele nos oferecia aqueles signos do mundo vindouro, destinados a iluminar as nossas vidas como as cenas de narrativas bíblicas representadas nas telas e nos vitrais que ornamentam as igrejas europeias. Contemplávamos, em silêncio maravilhado: ruas e edifícios, automóveis e pessoas desconhecidas, tudo parecia feito de substâncias etéreas, inexistentes aqui, substâncias capazes de nos transformar em seres de outra ordem, inteiramente diferentes das criaturas corriqueiras.

Depois, o sono nos vencia. À medida que as imagens se sucediam, seu impacto ia enfraquecendo. Minha mãe nos mandava dizer boa-noite aos avós e ir para a cama, onde mergulhávamos num sono escuro e pesado. Na manhã seguinte, a caminho da escola, a visão das ruas sujas e dos carros velhos e barulhentos, dos ônibus que despejavam nuvens de fumaça negra no ar, para não falar da brutalidade dos colegas de escola, que desde o amanhecer me provocava calafrios na barriga, tornava-se particularmente deprimente. E um ou outro fragmento das imagens vistas na véspera restava nos meus olhos, me servia de consolo e de contraponto. A Europa tinha vomitado meus avós e com isso eles pareciam amá-la ainda muitas vezes mais do que antes. O mundo de luz e de esplendor que inundava, passo a passo, a grande tela de projeção, e dela se irradiava por todos os cantos da sala hermeticamente silenciosa, era, aos nossos olhos, a materialização da perfeição divina – e não a concretização imperfeita do pesadelo do progresso. O mundo de língua alemã era a sede da ordem e da civilização, a sede da *Bildung* que salvaria os judeus de seu entrevamento medieval, do seu exílio e de sua perplexidade.

Talvez por isso meu avô não hesitara, pouco tempo depois do término da guerra, em comprar um Mercedes-Benz, que ainda nos servia, decrépito, um sinal de sua fé inabalável na Alemanha, e que me envergonhava, pois era uma pálida sombra ou uma caricatura grotesca dos Mercedes-Benz luxuosos, novos em folha, nos quais circulavam os colegas de escola ricos e arrogantes, e os figurões das grandes empresas alemãs que viviam à nossa volta, quando nos mudamos para o Brooklin. As ondas que tinham varrido a Europa não tinham realmente chegado até aqui, e nas noites em que meu avô nos mostrava seus *slides*, a Europa daqui e a de lá se encontravam, como se o reino dos céus descesse sobre a terra para encerrar o nosso exílio.

Não havia fim para as exclamações quando meu avô ostentava as ruas perfeitamente limpas de Zurique ou o teleférico que subia até a Zugspitze, e minha avó nos descrevia a *Frau* Bohne, a boa e gentil velhinha que a atendia na loja Franz Karl Weber, onde eram comprados os nossos brinquedos. Mas a quem seria franqueado o acesso àquele mundo de luz? Quais eram as qualificações indispensáveis para alcançá-lo e onde poderiam ser adquiridas? Não havia resposta para essas perguntas que me atormentavam, simplesmente porque eu não era capaz de formulá-las, mas imaginava milhares de maneiras de me transformar num verdadeiro europeu. Deveria aprender a falar alemão impecavelmente e também francês e inglês. Deveria saber me portar à mesa, sem jamais afastar os cotovelos do tronco enquanto estivesse comendo. Deveria saber a ordem certa de pegar os muitos talheres que apareciam de cada lado do prato quando havia visitas para o jantar, e milhares de outras regras sufocantes de urbanidade, destinadas a nos diferenciar das pessoas grosseiras, regras que talvez me tornassem suficientemente bom para pertencer, de alguma maneira, àquela Europa cristalina e fabulosa.

Os cartões-postais que meus avós nos enviavam dessas viagens eram os prenúncios distantes dessas noites de *slides* que me deixavam perturbado. Nossas vidas, nossa casa, eram cinzentas e infelizes se comparadas, por exemplo, à estupenda bailarina de flamenco, cuja saia vermelha era bordada em fios de linha verdadeira num estranho cartão-postal que, misteriosamente, fora enviado da Holanda e não da Espanha, e nossas terras eram pobres e descoradas perto do brilho do cartão que mostrava um esplêndido hotel de montanha suíço, diante do azul-turquesa do lago de Spiez, sobre o qual meu avô apusera uma seta que apontava para a janela do quarto em que estavam hospedados. Os cartões eram também como esmolas atiradas aos pobres de um banquete suntuoso, migalhas do mundo divino que despencavam sobre as nossas escrivaninhas como o maná que caía dos céus para nutrir, no deserto, os fugitivos do cativeiro egípcio.

Todas as mortificações às quais eu me submetia tinham como único objetivo me tornar apto a entrar, outra vez, naquela terra prometida da qual, por algum motivo inexplicável, designado simplesmente pela palavra *Krieg*,* meus avós, como Adão e Eva, tinham sido expulsos. E eu observava com atenção concentrada cada detalhe ínfimo das suas existências, cada gesto e cada palavra, cada expressão facial e cada peça de vestuário deles e dos seus amigos que frequentavam nossa casa: os irmãos Michel, Bernhard e Walter, aquele casado com dona Margot, cujos cabelos tingidos de loiro pareciam saídos das revistas de moda alemãs dos anos 1960; este, mais alto e mais nobre, casado com a enérgica e às vezes ruidosa dona Gini, cuja verdadeira natureza parecia vir à tona quando ela e minha mãe se punham a conversar em iídiche, espalhando um halo de constrangimento à sua volta, como se conjurassem um passado vergonhoso e degradante, uma presença que interrompia as articulações e cadências lustrosas do alemão como um ruído incômodo e persistente numa sala de concerto, e me fazia desejar que

* Guerra, em alemão.

se calassem para outra vez darem lugar às palavras escolhidas do *Hochdeutsch** dos meus avós – o alemão extraído da literatura do século XIX por meio do qual eles se comunicavam com os demais frequentadores do seu Parnaso. Ou dona Suzana Frank, nossa *Tante* Su, que sempre vinha nos visitar acompanhada de seu *poodle* Touche e de seu filho Pierre, vestida com *tailleurs* impecáveis e luvas brancas, e cujas palavras tinham o peso de sentenças judiciais forjadas em aço. Ou, ainda, o *Onkel*** Fritz e a *Tante* Anni, de longe os mais queridos de todos, que detestavam qualquer tipo de pretensão e sabiam fazer tudo parecer muito engraçado e divertido. Com o passar dos anos, eles tinham se tornado muito parecidos um com o outro, como se fossem irmãos. Baixinhos, enrugados, risonhos e um pouco excêntricos, a vida, para eles, parecia uma longa comédia, cheia de surpresas engraçadas e de reviravoltas histriônicas. Uma alegria de comediantes itinerantes da Europa Central estava presente em cada um dos seus gestos. Sua natureza era tão diferente da solenidade circunstanciosa que os outros participantes daquele universo irradiavam que me surpreendo que possam ter sido amigos.

Num sábado de manhã, uns dias antes do meu *bar mitzvah*, meu pai me levou para me despedir do *Onkel*

* Alemão moderno, culto.

** Tio, em alemão.

Fritz, que estava prestes a partir deste mundo por causa de um câncer no pulmão. Foi a única vez que vi uma expressão triste e apagada em seu semblante, e sua pele, normalmente morena e reluzente, estava cinzenta e descorada. Ele nos esperava sentado numa cadeira no terraço do primeiro andar de um daqueles sobradinhos modernistas da família Klabin, na rua Dona Berta. Cumprimentou-me com um beijo frio na bochecha e depois ficamos em silêncio os três, consternados porque sabíamos que nunca mais voltaríamos a nos ver.

Poucos dias depois do meu *bar mitzvah* fomos dizer o *kadisch** na casa de nossa amiga Anni Zausmer e, como agora eu já contava entre os adultos, também me foi oferecido um cafezinho, *mit Milch und Zucker*,** de uma daquelas xicrinhas de porcelana fina, importada da Tchecoslováquia, que eram passadas em bandejas redondas pelas mulheres enquanto todos conversavam em alemão na sala do sobrado modernista e também no terraço na frente da casa, bem ali onde costumávamos receber da *Tante* Anni o nosso "segredo" nas visitas que fazíamos a ela à tarde, com minha avó, e que consistia de chá-mate gelado com xarope de framboesa Homemade, trazido do

---

* *Kadisch* é a reza que, no Judaísmo, se profere em memórias dos finados.

** Com leite e açúcar, em alemão.

sítio do barão austríaco Von Leitner, em Campos do Jordão, ou até mesmo o supersegredo, compota de amoras que eram vendidas por uma mulher gorda, loira, permanentemente suada, que trajava vestidos de chita. Parece que ela vinha de Santa Catarina. Estacionava um surrado Gordini azul na rua Tutoia, ao seu lado punha uma tabuleta em que se lia "Brombére – Amoras", e também os baldes onde as pobres frutas flutuavam num caldo vermelho-escuro, sob o sol escaldante, rodeadas de moscas. Havia algo de repugnante naquela cena, e as amoras eram um pouco como os pedaços de carne expostos nas vitrines dos açougues. Pareciam, igualmente, contaminadas de suor, de sangue e de ignorância: a tabuleta em que se lia "Brombére" – em vez de "Brombeeren" – destinava-se a atrair as donas de casa imigradas da Europa Central, que viviam na Vila Mariana e em outros bairros da capital que ela percorria no mês de dezembro. Uma vez a vimos estacionada em plena avenida Brasil. Na nossa casa, ela era conhecida como *Frau* Brombére, uma personagem um tanto sinistra que carregava consigo algo desagradavelmente estrangeiro, pois não era daqui e tampouco era de lá. Talvez viesse daquela outra Europa, semiasiática, do Leste, aquela Europa onde tudo cheirava a mofo, a falsa Europa? A devastação e o sofrimento pairavam à sua volta como uma maldição, e a acidez pungente daquelas frutas escuras, que nem mesmo várias colheradas de açúcar podiam encobrir, parecia comprovar sua malignidade. Talvez ela fosse uma emigrante dos Sudetos que escapara depois do término da guerra e talvez, por trás de sua fisionomia de camponesa, se ocultasse uma sádica guardiã de algum campo de concentração nazista?

Era daquele mesmo continente perdido que vinha Siegfried, o motorista loiro e magricelo que meu avô contratou certa vez, que dirigia como um enlouquecido, e que em pouco tempo morreu num acidente na estrada de Parelheiros. Vinham de algum lugar incerto, onde se falava dialetos cada vez mais corrompidos do alemão, como as antigas terras da coroa habsburga na Romênia e na Eslováquia, a velha Alta Silésia, a província de Posen e as colônias alemãs em Santa Catarina, uma descontinuidade de terras perdidas onde o alemão era quebrado em pedaços cada vez menores, fragmentos arrancados do corpo principal que se tornavam cada vez mais aberrantes e grotescos.

As casas dos nossos amigos eram como as fortalezas coloniais em volta das quais gravitavam, à procura de um centro, esses exemplares híbridos que não eram nem daqui, nem de lá, e cujo idioma era uma mistura precária e pouco feliz de alemão e português – exemplares degenerados de uma espécie mestiça. Assim eram as duas Lottes – a que eu fazia questão de observar ensaboando seus seios no banho, o que eu fazia com toda a inocência, e a Lotte costureira, com sua escadaria íngreme, no sobrado escuro, cujo jardim sombrio ocultava um laguinho barrento com água verde e patos, e suas sobrinhas, Inge e Norma, que eram jovens e fogosas e jamais permitiam que eu as observasse no banho, e Bertha, a quem minha bisavó tinha ensinado a fazer o *Apfelstrudel** de massa fina como papel que deleitava meu avô, e seu marido, Karl, que vinha aos sábados para esbofetear os tapetes pendurados no varal com uma raquete de palha. Havia, também, aquele estranho senhor húngaro, Jenö Lakatos, um comerciante de corais que, anos depois, viera comprar o Mercedes-Benz decrépito que meu avô não hesitara em adquirir poucos anos depois do fim da guerra e que, para dizer a verdade sobre este assunto, era idêntico aos que os oficiais do exército alemão usavam em seus deslocamentos durante a Segunda Guerra Mundial. Estranhamente, meu pai usava os serviços de um mecânico alemão que fora combatente da *Wehrmacht* ou até mesmo membro das Waffen SS, cujo estabelecimento em Higienópolis empregava outros foragidos dos processos de desnazificação.

Ninguém nunca lhe perguntou o que ele fizera durante a guerra, mas o que ele fez ou sofreu o deixou profundamente traumatizado. Era alto e corpulento e tinha o rosto redondo e achatado. Parece que não poderia voltar à Alemanha sob hipótese nenhuma, e sua Alemanha particular era a escura oficina Mercedes-Benz num subsolo escuro, mas também uma casa muito confortável em Águas de

* *Strudel* de maçã.

Lindoia onde, dizia-se, ex-combatentes e seus comandantes se solidarizavam e esperavam, em seu exílio, pela chegada de dias melhores. Quando falava, ele era acometido de uma muito estranha forma de gagueira, provocada por traumas que sofrera durante a guerra: seus olhos azuis começavam a piscar como luzes estroboscópicas ou como faíscas de uma metralhadora disparando numa noite muito escura e sua língua emitia, no mesmo ritmo, um som sibilante e maquinal, semelhante ao da válvula de uma panela de pressão. Assim se manifestavam as marcas que a guerra tinha deixado sobre ele. Jamais alguém lhe perguntara o que ele fizera *drüben*, do outro lado

Durante a Segunda Guerra Mundial, muitos soldados alemães simplesmente não aguentavam os massacres de judeus praticados diante de valas gigantescas abertas nas florestas da Europa do Leste. Vomitavam, desmaiavam, sofriam colapsos nervosos que os tornavam inúteis para o combate. Foi para preservá-los que os engenheiros conceberam as câmaras de gás volantes, compartimentos herméticos instalados sobre caminhões cujos motores descarregavam os gases venenosos diretamente no interior desses compartimentos. Os judeus eram embarcados nesses caminhões, as portas eram trancadas e assim, ao fim do trajeto, já chegavam prontos para serem atirados nas entranhas da terra, dispensando os onerosos fuzilamentos. Assim se poupavam os nervos dos soldados alemães.

XIII

Meu bisavô

No ano em que meu bisavô decidiu mudar-se para Viena, sepultou para sempre o mundo de seu pai, Pinchas ben Avraham, que, provavelmente por causa de seus cabelos cacheados, recebeu dos funcionários imperiais especialmente designados por força do édito de tolerância promulgado pelo imperador José II, em 1782, sete anos antes da Revolução Francesa, o sobrenome alemão Kraus. No condado húngaro onde ele vivia, ao pé dos montes Tatras, este nome era grafado na forma Krausz. Seu pai passava os dias na casa de estudos, primeiro em Bobro, depois em Nemesto, hoje parte do território eslovaco, junto à fronteira polonesa. Sua mulher se orgulhava de sustentar a família criando gansos. Quando faltava comida, ele alegava que a Torah tinha caído no chão, na casa de estudos, e que, como penitência, todos teriam de jejuar. Meu bisavô, quando se mudou para Viena, acreditava que, na capital real e imperial, sua família jamais haveria de passar fome. Trabalhou duro. Serviu no exército real e imperial e tornou-se oficial. Foi administrador de uma grande cervejaria. Seu apartamento na Dammstraße, no VIII distrito, era impecável como tudo o que fazia parte do dourado centro da Dupla Monarquia. Ele e minha bisavó se orgulhavam de seus livros e de suas louças. Talheres de prata pesados, com monogramas, reluziam à mesa ao lado das porcelanas, e se o glacê da *Sacher Torte** não reluzisse como um espelho, meu bisavô se levantava da mesa. Meu avô recebeu o nome do *Kaiser* Wilhelm, para comemorar a amizade entre a Áustria e a Alemanha. Pouco tempo depois do seu décimo aniversário, os sonhos dinásticos de meu bisavô começaram a se despedaçar, com o assassinato do herdeiro do trono habsburgo em Sarajevo. A Primeira Guerra Mundial devorou sua modesta fortuna. Agora era preciso jejuar por causa da guerra e do racionamento. Pelo *Kaiser* e pela pátria. Tudo o que lhe cheirasse a província, ele desprezava.

Quando a guerra acabou, a Áustria era uma república minúscula e desorientada sobre as cinzas do Império, cada vez mais fascinada pelo nacionalismo alemão. A emigração de meu avô deveria ser temporária, até que as coisas se tranquilizassem um pouco, e um país cujo lema era Ordem e Progresso, *Ordung und Fortschritt*, lhe parecia a melhor solução para aqueles tempos de caos e de retrocesso. Em São Paulo, imaginava reencontrar, intactas, aquelas virtudes cardinais habsburgas, supostamente herdadas da

---

* Torta de chocolate tradicional de Viena.

Imperatriz Leopoldina, a mãe habsburga do último Imperador do Brasil. E ele as encontrou, se não em toda parte, então pelo menos em sua casa e em seu trabalho. Anos depois, quando na Alemanha Hitler era eleito para o posto de *Kanzler*,* meu bisavô resignou-se e, com minha bisavó, veio juntar-se ao filho único. Estão sepultados no Cemitério Israelita de Vila Mariana.

Minhas bisavós maternas, isto é, a mãe e a madrasta de minha avó materna Alice, estão sepultadas no *Zentralfriedhof*** de Viena, *israelitische Abteilung*.*** Seus nomes: Hermine Redisch e Johanna Faltitschek. Sobre o *Zentralfriedhof* circulava, em Viena, o seguinte *Witz*****: "Zürich ist zwei Mal so groβ wie der Zentralfriedhof, aber nur halb so lustig", isto é, "Zurique tem o dobro do tamanho do *Zentralfriedhof*, porém é só a metade tão divertido". Mas, na verdade, o *Zentralfriedhof, israelitische Abteilung*, hoje se tornou um lugar de diversão para os vienenses. Na última vez em que estive lá, no ano em que Jörg Haider foi eleito para o posto de *Kanzler*, à procura dos túmulos de minhas bisavós, encontrei uma lápide revirada, rodeada por latas de cerveja vazias. Depois encontrei uma mulher

---

* Chanceler, em alemão.

** Cemitério central, em alemão.

*** Seção israelita, em alemão.

**** Chiste, em alemão.

magricela, sessentona, de cabelos grisalhos desgrenhados, que se comprazia em passear entre as lápides abandonadas, esquecidas pelos exilados, pelos fuzilados e por aqueles que foram mortos pelo gás, cremados e reduzidos a cinzas. Uma mulher cuja sensibilidade meio mórbida e meio romântica a levava a vagar, num dia de inverno, em meio às lápides tomadas pelo matagal espesso, talvez inspirada por um conto de E. T. A. Hoffmann; talvez querendo redimir-se de alguma culpa herdada; talvez querendo só se divertir mais do que seria possível em Zurique. "Tudo é tão esplendidamente selvagem aqui", ela me disse, lampeira, antes de desaparecer detrás das lápides por uma das alamedas encharcadas de neve derretida.

As ideias de ordem e de selva mostraram-se confusas e até mesmo trocadas no mundo de meu avô e de seu pai, o oficial do exército imperial e real austríaco Alfred Krausz. Enquanto os parentes que tinham ficado na Europa eram deportados e mortos, na Vila Mariana, em São Paulo, reinava uma ordem que parecia ter sido herdada, ilesa, dos tempos monárquicos. Os talheres de prata com monograma brilhavam, à hora das refeições, assim como o glacê da indigesta Sacher Torte. E através da massa do Apfelstrudel era possível ler o jornal sem perder uma vírgula. Os bondes urbanos circulavam nos horários previstos e os relógios marcavam as horas com exatidão, de maneira que não havia atrasos nem na hora de acordar nem na hora do passeio matinal nem na hora das refeições, e havia silêncio na hora do silêncio, e na hora das conversas conversava-se, e na hora de ouvir notícias ouviam-se notícias e às terças-feiras à tarde jogava-se Tarock,* como nos clubes de oficiais habsburgos. Às vezes havia noites com música de Schubert na casa deste ou daquele imigrante. Havia ordem no mundo. E era preciso zelar por essa ordem a cada dia, com severidade e com dedicação, porque ela era frágil e forças sombrias a rondavam por todos os lados, sob milhares de disfarces. Mas talvez nenhum deles tão traiçoeiro quanto o do progresso.

---

* Jogo de cartas muito apreciado no século XIX.

XIV

Pinheiros

No Largo de Pinheiros, assim como na Alexanderplatz berlinense, a construção do futuro prosseguia com força total. De um lado, as crateras ciclópicas do metrô. De outro, os palácios de vidro e de ar-condicionado, com a imensidão de salas para reuniões vazias e todo tipo de ilusões de óptica. No sexto andar do predinho da Drogasil ficava o apartamento minúsculo do meu tio Nathan, bem em frente ao lugar onde seria aberta a cratera do metrô. Ali uma vez provei uma iguaria inesquecível: pasta de atum ralado com maionese sobre fatias de pão de forma Regência sem casca, cortadas em quatro partes. Os canapezinhos ficavam dispostos sobre uma travessa de louça, e esta, por sua vez, repousava sobre uma mesinha com tampo de cristal e patas espetadas como as de uma aranha sobre o assoalho lustroso. Uma nova concepção de luxo! O atum era importado do Peru. Voltei impressionado para casa naquele domingo à tarde.

O terracinho dava para o Largo de Pinheiros e lá, numa velha bacia de alumínio que já servira para dar banho nos bebês, viviam duas minúsculas tartarugas aquáticas de carapaça mole, verde e amarela, com manchas vermelhas nas patas, que minha tia Alice comprara no Mercado de Pinheiros. Segundo meu tio, elas morreram de câncer no pulmão, provocado pelas nuvens de fumaça negra expelidas pelos valentes ônibus que subiam a rua Butantã em direção à Teodoro Sampaio. Ali, bem à frente do antigo terracinho do meu tio Nathan, construía-se um futuro tão reluzente quanto o da praça Roosevelt, uma floresta de roseiras.

As muralhas que se erguiam entre o mundo da família de meu pai e o mundo da família de minha mãe tornavam-se cada vez mais altas e espessas. A modéstia dos tempos do grande medo, quando na Europa os judeus, qualquer que fosse a sua nacionalidade, a sua língua e a sua cultura, eram transformados em cinzas, outra vez cedia lugar a velhas antipatias e sectarismos, que eram mais fortes que tudo e passavam, incólumes, de geração em geração. Uma guerra silenciosa, implacável, cheia de ressentimentos travava-se entre o lado de cá e o lado de lá, transportando para os trópicos a velha animosidade entre *Ostjuden* e os judeus do Ocidente. O universo sofrido, desamparado, lacerado pelas dores e pela impossibilidade de esquecimento de minha avó materna, duas vezes viúva, e marcada, desde o nascimento, pelas desgraças sem fim e pela violência a que estiveram sujeitos os judeus do Império Russo, se tornava cada vez mais distante do mundo de meus avós Krausz, e é claro que nesse afastamento crescente eu tomava o lado dos mais felizes e dos mais amáveis.

As desgraças que recaíam sobre o mundo de minha avó materna, e que a paralisavam em seu orgulho e em sua raiva, eram percebidas como o castigo de um Deus implacável, que ela abandonava aos poucos enquanto lutava para se tornar moderna. Como vinha de um lugar que simplesmente não existia mais, um lugar ao qual não se podia voltar porque fora obliterado deste mundo como na história bíblica de Korach, na qual uma enorme cratera engole uma localidade com todos os seus habitantes, a perplexidade acompanhava todos os seus passos e gestos. Não encontrava alegria nas distrações mundanas nem qualquer tipo de satisfação na vida religiosa empedrada, decadente e aparentemente condenada ao desaparecimento definitivo ante a marcha irresistível do progresso no Brasil grandiloquente, megalomaníaco e fascista dos anos 1970, onde a revista *Manchete* nos alertava, todas as semanas, sobre o crescente perigo vermelho e onde o encanto dos meus tios pelas gigantescas obras públicas, pelos lançamentos da indústria automobilística e pelos jogos do São Paulo Futebol Clube, transmitidos pelo rádio, só fazia crescer mais e mais, enquanto nada lhes parecia mais abominável que o velho e o antiquado.

Quando as nuvens e a garoa se instalavam sobre São Paulo e protegiam a cidade e seus moradores do escorraçamento do sol, uma luz amena penetrava pelas vidraças da sala dos meus avós, com uma brisa fresca e um cheiro adocicado de umidade, de fungos e de terra molhada. O alívio e o repouso se espalhavam na penumbra, como se fossem os efeitos relaxantes e benevolentes da droga do esquecimento, extraída da flor do lótus azul. Minha avó se sentava numa poltrona junto à parede de tijolos de vidro, percorrida pelos vultos esverdeados dos antúrios que, do lado oposto, no terraço, se agitavam em grandes vasos infestados de tatus-bola. Então ela tirava de uma das suas gavetas algum dos livros de criança em alemão que trazia de suas viagens e as figuras arrepiantes do Struwwelpeter, do Zappelphilipp, do Suppenkaspar,* da menina que brincava com fósforos e incendiava a casa dos pais, de crianças que chupavam o dedo e tinham os polegares decepados pela grande tesoura de um alfaiate, aos poucos iam se espalhando pela sala como criaturas malignas trazidas do outro lado, no fundo de baús escuros, que finalmente despertassem de sua modorra nos trópicos para se instalarem nas dobras das cortinas pesadas, nos cantos escuros da sala, onde nos espreitavam, zelando pela boa ordem, prontas para nos castigar ao primeiro deslize.

Essas figuras se tornavam os vigilantes da uma ordem de coisas instalada ali que em nada se assemelhava ao es-

---

* Personagens de histórias infantis alemãs, um tanto macabras e sangrentas.

tado de coisas para além dos nossos portões. Ali começava um mundo estranho, desordenado, quente, cujos rumores penetravam em nossa casa por meio das páginas dos jornais e cujos fragmentos desconexos e assustadores nós avistávamos pela janela do automóvel, como quando, a caminho da escola, passávamos pela avenida Lineu de Paula Machado, atrás do Jockey Club, e as calçadas se enchiam de prostitutas, ou à noite, nas sextas-feiras, quando voltávamos da sinagoga e os faróis do carro do meu pai iluminavam os travestis nas calçadas da rua Joaquim Nabuco.

XV

O roubo do fotógrafo

Certa vez, num sábado de manhã, meu pai recebeu um telefonema de nosso amigo, o fotógrafo Otto Hoffman. Na nossa casa pairava o cheiro acre e nauseante do *kasha* que meu pai trazia do Bom Retiro naquelas suas excursões surpreendentes, que talvez se devessem à curiosidade que lhe provocavam os judeus da Europa Oriental, cujos modos e aparências eram em tudo semelhantes às dos *Ostjuden* que, antes, perambulavam pela Leopoldstadt* vienense e ameaçavam, com seus trajes estranhos, suas barbas, seu linguajar bárbaro e seu ardor religioso, a respeitabilidade que os judeus residentes em Brigittenau, no Alsergrund,** ou mesmo no 1º Distrito, haviam conquistado. Acho que era, para ele, uma espécie de aventura por um país um pouco ridículo, uma paródia, em escala reduzida, das via-

* O 2º Distrito da capital austríaca, onde outrora existiu o gueto vienense.

** Bairros da burguesia vienense.

gens que os europeus civilizados do século XIX faziam às terras incultas do Leste da Europa. Desse mundo regido por leis incomuns ele trazia, como lembrança, pacotes cheios daqueles grãos cinzentos com rótulos impressos em três línguas – russo, iídiche e português –, o que para mim demonstrava tratar-se de mercadorias estranhas e portanto inadequadas ao nosso consumo.

Não obstante, o odor penetrante do *kasha* sendo cozido por minha mãe na grande panela impregnava a casa com especial tenacidade naquela manhã e anunciava um almoço pouco auspicioso, quando meu pai recebeu um telefonema desconcertante de nosso amigo, o fotógrafo Otto Hoffman.

À mesa, enquanto aquela massa disforme de grãos cinzentos fumegava, amontoada sobre uma travessa de porcelana como um castelo de areia grossa sobre o qual tivesse sido derramada uma panela de água fervente, meu pai anunciou, tentando esconder por trás de um tom indiferente sua indisfarçável preocupação, que à tarde teria de visitar nosso amigo Otto Hoffman e perguntou quem de nós o acompanharia. Minha irmã ia tratar de vestidos com minha avó e eu, lembrando-me da visita que tínhamos feito a nosso amigo Fritz Zausmer meses antes, me dispus a acompanhá-lo.

Quando chegamos ao apartamento num prédio antigo de Higienópolis, outrora muito valorizado por causa de sua proximidade com o centro da cidade e agora bastante arruinado pelo tráfego da avenida da Consolação, o encontramos, como de costume, com as persianas baixadas. Embora nas ruas uma tarde de verão ensolarada raiasse, incontida, uma penumbra berlinense e invernal reinava no apartamento, e só aos poucos nossos olhos foram se acostumando para discernir, nas paredes, as cores desmaiadas dos quadros de pintores alemães pré-expressionistas, como Jakob Steinhardt e Hermann Struck, que retratavam a paisagem humana dos judeus da Europa Central e do Leste nas primeiras décadas do século XX. Eram pintores que haviam sido desprezados na Europa por causa do nazismo e que continuavam a ser desprezados.

Indiferente a essas circunstâncias, porém, nosso amigo Otto Hoffman mantinha-se apegado àqueles quadros, que seu pai trouxera da Alemanha quando da sua emigração, ou melhor, fuga para o Brasil, no fim da década de 1930, quando os portões já se fechavam, e ainda assim eles conseguiram fazer a travessia, nos últimos instantes, antes que o tráfego nas águas do Atlântico sucumbissem ante a fúria dos *U-Boote*.*

A salvo dos alemães tanto quanto do sol implacável dos trópicos, os quadros subsistiam na penumbra como se tivessem sido congelados no tempo. A penumbra era o país de nosso amigo. Ele se acostumara a penetrar nas câmaras

* Submarinos, em alemão.

escuras, sob uma luz avermelhada e fraca, não para conhecer a imagem das coisas, que capturava sob a luz do dia, mas para contemplar, ali, as formas verdadeiras, das quais as coisas eram só imitações. Então, o que se revelava a ele era a natureza verdadeira de tudo o que tinha sido avistado lá fora; os segredos escondidos no interior da matéria surgiam nas folhas de papel fotográfico como se fossem fantasmas, iluminados por fachos de outro tipo de luz, e que agora ele se preparava para mostrar a todos. Tomava muito a sério seu ofício de tornar visível aos olhos de todos o que era invisível. Com suas lentes de todos os tipos, percorria a cidade. Capturava com devoção as imagens despercebidas no papel fotográfico e por isso era chamado, aqui e ali, para fotografar represas e florestas, prédios e porcelanas, grandes instalações e pessoas quebradiças. Quando chegávamos à sua sala, as cortinas estavam sempre fechadas e as luzes, apagadas. A atmosfera dos apartamentos escuros de Berlim, cujas janelas davam para pátios internos e tardes cinzentas, permitia aos quadros sombrios do pré-expressionismo judaico que havia em suas paredes emanar o infinito de seus meios-tons. Sobre uma mesinha coberta com uma toalha de plástico branco recebia-nos um abajur fluorescente, uma lua elétrica que se refletia na superfície clara e iluminava de baixo para cima a pele translúcida do rosto do fotógrafo Otto Hoffman. Era a única luz da sala, que assim se tornava um recinto consagrado à deusa branca e nós, sentados em volta da mesinha, tomávamos chá com biscoitos alemães, celebrávamos os rituais dos mundos esquecidos, aguardávamos revelações oraculares. Nosso amigo Otto Hoffman nos contava de suas férias de inverno em lugares que não existem mais, no Riesengebirge,* na Alta Silésia, onde avistava de longe a casa do grande Gerhard Hauptmann, ou nos falava deste ou daquele quadro, e de acontecimentos da sua infância que, no instante seguinte, se desvaneciam, para sempre, no esquecimento.

Naquele sábado em que saí com meu pai da nossa casa impregnada com o cheiro penetrante do *kasha* cozido e atravessamos a cidade inundada de luz escaldante até o bairro de Higienópolis, para então penetrarmos no santuário da deusa branca incrustado no edifício Mayrink, soubemos que, naquela semana, nosso amigo recebera pelo correio um catálogo do recém-criado Museu Judaico de Berlim, ao qual fora incorporado um quadro de Jakob Steinhardt, intitulado *Juden auf dem Weg zum Gebethaus*, ou seja, *Judeus a caminho da casa de orações*. Este quadro lhe tinha sido roubado em São Paulo anos antes.

O edifício Mayrink evidentemente atraíra seu pai Karl por lembrá-lo do romance de Gustav Meyrink, *Der Golem*, e dos tempos em que os judeo-alemães imaginavam que eram verdadeiros cidadãos alemães. Nosso amigo Otto se mantinha apegado a esse lugar e a esse nome como a tudo

* Região montanhosa antes pertencente à Prússia, hoje Polônia.

o que havia dentro do apartamento. Ali, tudo o que não fora trazido da Alemanha tinha sido feito ou comprado de maneira a lembrar as casas que tinham ficado do outro lado.

A luz branca sobre a mesinha coberta de plástico já estava acesa quando ele veio à porta, e imediatamente fomos convidados a nos sentar ante o livro escancarado na página em que havia uma reprodução em cores daquele quadro de Steinhardt. Nosso amigo nos contou que, anos antes, enviara o quadro em mãos de um amigo, um artista plástico que fora aluno do próprio Steinhardt na Academia Bezalel de Jerusalém – e que também participara ativamente dos círculos artísticos de esquerda no Brasil, nos anos que antecederam a revolução militar de 1964 –, para uma avaliação na Galeria Frug de Tel Aviv. O valor do quadro foi estimado entre dez e doze mil dólares. Nosso amigo declarou-se insatisfeito com esse valor e disse a seu amigo, cujo nome fui proibido de dizer, para trazer o quadro de volta ao Brasil, o que foi feito. Guardado em seu ateliê, num prédio decrépito no de resto pouco atraente bairro paulistano de Santa Cecília, o quadro ficou por semanas a fio à disposição de nosso amigo. Um dia, ele não o levou porque estava chovendo; outro dia ele não quis levá-lo porque o sol estava muito forte; outro dia ele não quis levá-lo porque não havia táxis no ponto. Nosso amigo Otto Hoffman queria, na verdade, certificar seu amigo, o artista plástico cujo nome fui proibido de dizer, que depositava nele a mais absoluta confiança, e assim o quadro de Steinhardt, que atravessara o

Atlântico a bordo do vapor *Cap Ancona*, da linha Hamburg Süd, e depois fizera a viagem de ida e volta a Israel, como os emigrantes, esperava, por semanas, depositado num ateliê úmido em Santa Cecília para ser levado de volta ao lugar que lhe cabia, na delicada penumbra do apartamento no edifício Mayrink.

E uma tarde, como estava fadado a acontecer, o telefone toca na casa de nosso amigo. Seu amigo, o de nome indizível, mas de quem posso ao menos dizer que era um defensor incondicional do socialismo, e que tinha cara de crocodilo, perguntava se ele estivera no ateliê bolorento para apanhar o quadro. "Não", foi-lhe logo respondido. O descendente dos répteis então afirmou que, depois de uns dias hospitalizado, dera pela falta do quadro. Nosso amigo Otto não quis mais investigar o assunto. Com o ar magnânimo de um juiz que decide arquivar um processo por considerar sua importância desprezível em comparação com a perturbação que seria capaz de gerar no seu estado de equanimidade, ele relegou o tema à sua volumosa pasta de assuntos esquecidos, deixando-se, mais uma vez, contagiar pela permissividade bovina dos trópicos, que se tornara uma espécie de segunda natureza para ele. A complacência e a passividade não estavam entre as virtudes germano-prussianas sobre as quais fora construída a sua educação. O valor do trabalho e da vocação, a moderação e o controle das paixões e o sentido de responsabilidade eram os pilares do seu caráter. E, no entanto, o calor e a cordialidade dos brasileiros, com a passagem das décadas, foram transformando e mesmo deteriorando imperceptivelmente a natureza do nosso amigo: abriam-se brechas que o levavam a tolerar o que era intolerável e a fechar os olhos diante de tantas coisas que o revoltavam e ele, sem perceber, ia criando em si os automatismos da resignação enquanto reconstruía tenazmente, no interior do edifício Mayrink, um embrião do mundo que ficara do outro lado, e colecionava livros alemães desdenhados pelos descendentes de outras famílias de emigrantes, que eram empilhados nas prateleiras dos fundos de sebos bolorentos, onde ninguém lhes dava nenhuma importância.

Várias edições das obras completas de Heinrich Heine, encadernadas em couro e em linho, e de Schiller e Goethe, mas também dos escritores modernos, das décadas de 1920 e 1930, em particular os publicados em Berlim pela Jüdische Buch Vereinigung,* amontoavam-se em todos os cantos do apartamento no edifício Mayrink. E assim, dentre as muitas finezas adquiridas com o tempo, nosso amigo adquiriu também o vício da complacência, travestida sob o manto orgulhoso da magnanimidade, que o levava a perdoar, ainda antes que ele o pedisse, o artista plástico cujo nome fui proibido de dizer. Ao menos, porém, ele não se calou, dei-

* Sociedade do Livro Judaico, editora de livros que existiu em Berlim até o fim da década de 1930.

xando outra vez o assunto morrer depois de percorrer as suas veias por semanas a fio, devorando-o por dentro em silêncio como uma doença, e nos chamou, naquela tarde calorenta de sábado. Notamos que seu queixo estremecia, iluminado pela luz branca, enquanto ele narrava, detalhadamente, o episódio em toda a sua complexidade.

Nosso amigo queria provar a si mesmo a bondade de seu amigo e para isso fez questão de relembrar um episódio de juventude, quando foi visitar o inominável num apartamento no então já decadente bairro paulistano dos Campos Elísios, e viu que ele, tomado de compaixão e inspirado pelos ideais socialistas, dava abrigo a uma mendiga e a seu filho, como se abrigasse Hagar e Ismael depois que foram expulsos por Abraão e morriam à míngua no deserto, castigados pelo sol e pela sede. Era assim, também, que esse bom amigo se dedicava à causa dos palestinos em Israel e publicava, em revistas de esquerda, longos ensaios nos quais denunciava as atrocidades cometidas pelas forças de ocupação, segundo os informes que recebia de seus amigos em Ramallah, na Cisjordânia ocupada, e que faziam com que ele se sentisse como o legítimo sucessor dos criadores do movimento Brit Schalom* – os professores alemães de

* Movimento formado por intelectuais judeus, sobretudo de origem alemã, que nas décadas de 1920 e 1930 preconizavam a cooperação e o diálogo com a população árabe da Palestina britânica.

humanidades da Universidade Hebraica de Jerusalém que, nos anos 1920 e 1930, se empenhavam em encontrar termos de convivência pacífica com os árabes enquanto a maioria, de ambos os lados, recorria à violência e às armas.

A nobreza de caráter do amigo inominável, por isso, lhe parecia incontestável, e creio que o nosso amigo Otto nos chamou porque, mais uma vez, os fatos não correspondiam às suas ideias, e ele se via dilacerado. Sua tendência natural, reforçada por sua educação alemã, era desprezar os fatos para manter-se apegado às ideias, e por isso ele desejava esquecer o episódio. Mas a imagem do quadro de Steinhardt, estampada no catálogo, o perseguia como um demônio e ele não conseguia encontrar a paz, e por isso, enquanto falava, seu queixo estremecia. Era como se, ao observar o quadro impresso no catálogo, ele afagasse toda a história de sua família, do sombrio e elegante apartamento no Rüdesheimer Platz até o apartamento no edifício Mayrink, passando pela vergonha da deportação e da fuga e por todas as etapas da reconstrução num país quente e estranho. Uma história que lhe havia sido arrancada por esse filantropo e benemérito da humanidade.

Talvez, porém, o silencioso sentimento de superioridade moral com o qual nosso amigo Otto relegava a um plano distante o assunto da restituição do quadro ou o pagamento dele pelo seu amigo viesse de um fatalismo orgulhoso que o levara a acreditar que ali, naquele museu, o quadro de Steinhardt estava no lugar que lhe cabia pelo destino, no melhor lugar possível, ante os olhos de centenas de milhares de visitantes, e não esquecido num apartamento na remota e calorenta *Südamerika*,* onde nenhuma alma viva podia avistá-lo e onde talvez se perdesse para sempre, depois de sua morte, nos depósitos bolorentos de móveis e objetos de finados da Unibes, no Bom Retiro – aquele bairro assustador, cheio de pessoas astutas, que nosso amigo Otto Hoffman via como a materialização das descrições que Goethe fez da *Judengasse* de Frankfurt, onde o linguajar das pessoas era um jargão estranho e onde os homens se esfalfavam em seus estudos ou em seus negócios misteriosos, e se pareciam com aqueles judeus de uma aldeia do Leste da Europa que Steinhardt retratara no quadro *Juden auf dem Weg zum Gebethaus*.

Ou, talvez, a magnanimidade de nosso amigo para com o amigo que lhe subtraíra o quadro, o perdão e a absolvição que ele lhe concedera, mesmo sem que ele lhe pedisse por isso, fossem causados pelo seu desejo íntimo de livrar-se de toda aquela longa história de judeus que se dirigiam às sinagogas do Leste da Europa, por causa da qual ele e toda a sua família tinham perdido, junto com a vida confortável no apartamento do Rüdesheimer Platz, o direito à nação, à língua e à cultura alemãs, com isso se tornando párias sem dignidade, obrigados a chegar como mendigos

---

* América do Sul, em alemão.

às portas das legações estrangeiras, suplicando por vistos ou mesmo tendo de recorrer ao suborno de pequenos funcionários para salvar a própria pele.

Quem sabe se, ao livrar-se do quadro, ele estivesse finalmente se libertando daquela origem infausta que lhe causara tanta desgraça? Mas esta era uma pergunta à qual só as moscas pareciam capazes de responder.

Posfácio

A arte de testemunhar o desterro

Luis Krausz é, sem dúvida, como este belo livro o reafirma, um *Spaziergänger*, ou seja, um caminhante, um *flâneur* ou um deambulador, como se preferir. Ele conhece e pratica muito bem essa arte. Pode-se caminhar por prazer ou movido por necessidades. O *flâneur* clássico do século XIX era o tipo despreocupado e não se deixava submeter a objetivos ou fins pragmáticos. Mas é verdade que podemos caminhar por alguma sorte de imposição – por exemplo: quando não possuímos um lar fixo. É o caso dos errantes: o mendigo que caminha sem um fim preciso e se acomoda nas ruas e praças, assim como o mochileiro, que vai de pensão em pensão, de albergue em albergue. Mas, no caso de Krausz, podemos pensar em um tipo excepcional de deambulador que une o prazer do caminhar a uma necessidade originária. Seu movimento provém de uma espécie de pulsão incontrolável, derivada de um impulso ímpar, de uma espécie de *Big Bang* que espalhou pelo mundo andarilhos que reconheceram no andar o seu próprio lar.

Este pequeno e precioso livro, *Desterro – Memórias em ruínas*, mostra as incríveis dimensões geográficas, históricas e mesmo "mnemônicas" que a arte de caminhar implica ou pode implicar nessa era pós-*Big Bang*. Krausz caminha aqui por ruas de palavras pavimentadas pelo negro das letras que ele mesmo vai dispondo. Nesse percurso, refaz itinerários pela sua cidade de São Paulo e também por outros espaços, como Campos do Jordão, Duisburg, Viena, Berlim e Zurique, entre tantos outros. Não podemos perder de vista que o autor deste livro é um conhecedor da literatura judaica de língua alemã, nascida sobretudo na Europa Oriental, ou seja, de uma população que ou foi extinta do mapa (os deportados para campos de extermínio ou assassinados em valas comuns e nos guetos), ou se espalharam pelo mundo. Ele mesmo, como descendente de judeus da Áustria e da Rússia – como ficamos sabendo no livro que agora apresento –, provém desse mesmo espaço cultural. Um de seus autores de predileção, Joseph Roth (sobre o qual Krausz escreveu um ensaio de primeira ordem, *Rituais crepusculares – Joseph Roth e a nostalgia austro-judaica*), também era um caminhante, inoculado com o vírus da deambulação em função das crises da judeidade, dos *pogroms* e do conflito insuperável entre o indivíduo e a modernidade. É bom lembrar que os judeus, antes de tudo os provindos desse espaço geográfico cultural da Europa Central e Oriental, viveram de modo radical o sentimento de alienação, que é a marca do indivíduo moderno. Essa alienação essencial e constitutiva que Krausz nos apresenta a partir de um mergulho na sua vida pode ser lida de modo condensado nesta frase autodescritiva: "como se fôssemos os filhos de diplomatas de reinos já inexistentes – filhos de diplomatas cuja nação fora extinta, e que tinham permanecido ali, no lugar de sua última missão, como um bloco de gelo destacado da calota polar que agora flutuava, solto, em águas quentes e revoltas, e aos poucos se dissolvia".

A necessidade que impele Krausz a caminhar pelas ruas de sua cidade, pelas alamedas e becos de sua infância e pelas trilhas das histórias de seus antepassados é em boa parte fruto do termo que batiza este livro, o desterro. Normalmente, não encaramos o desterro como algo positivo. Muitas vezes, o desterrado teve sua expulsão decretada, como no caso do degredado. O banido é, na forte expressão em alemão, um *Vogelfrei*, ou seja, alguém sem proteção, que será por fim devorado pelas aves de rapina. Ele vive sem cobertura e habita o *mal-estar*, o *Unbehagen*, como formulou outro judeu do império austro-húngaro, Freud, em o *Mal-estar na cultura*. Foi certo desterro que levou nosso autor a sentir essa nostalgia angustiante que alimenta seu texto e sua pulsão escritural. Mas tomemos cuidado: não se trata de um tipo de escrita patológica, doentia. Pelo contrário, o salto tigrino (ou pulo do gato) de nosso autor consiste em transformar esse desterro em uma pura e cristalina arte de deambular pelos caminhos da memória. Esta "Infância em São Paulo em torno de 1970" (para jogar com o título da obra de Walter Benjamin, *Infância em Berlim por volta de 1900*) parte da vida única de seu autor para um retrato de toda uma geração e, daí, para uma excursão na história dos últimos dois séculos do Ocidente, narrada do ponto de vista do que se passou com os judeus. O umbigo dessa narrativa é o desterro, suas causas e consequências. Seu autor, ao empregar seu próprio nome no lugar do protagonista e utilizar o pronome em primeira pessoa, "eu", propõe aos seus leitores o conhecido pacto autobiográfico. Devemos aceitar essa proposta com leveza e também ver nesse protagonista um fruto bem urdido da pena do escritor, que agora se revela Luis Krausz.

Sua deambulação mnemônica nos leva a saltar o tempo todo de local para local e de uma fisionomia para outra. O escritor deambulador que embarca na nave da memória deixa-se levar pelo fluxo das associações. Para ele, cada paisagem, urbana ou emocional, ou mesmo as elevações e depressões que caracterizam as faces humanas, são portas que levam a outras paisagens e outros tempos. Seu espaço é descontínuo apenas do ponto de vista de uma razão geográfica e historiográfica positivista, que só admite a continuidade da contiguidade e da cronologia linear. Do ponto de vista da memória, tudo pode levar a qualquer lugar. Seu espaço é denso e intenso e não meramente quantitativo. Nesse caminhar, o "como" come e digere as fronteiras e as identidades. Para o caminhante, mesmo um quarto é um universo sem fim. Graças à sua capacidade de perceber semelhanças, logo um canto de sala se transforma em uma esquina ruidosa e um pequeno vaso em uma floresta com árvores de frondosas copas.

Mas voltemos ao tema do desterro, à ruptura que está na origem ou que em grande parte alimenta essas palavras tão finamente costuradas, tão deliciosamente encadeadas que imantarão o leitor e o farão acompanhar o protagonista por suas peripécias. Essa catástrofe originária foi a destruição (ou sua tentativa) da judeidade europeia, levada a cabo pelo Terceiro Reich. Essa ruptura ao mesmo tempo quebrou um universo cultural e forjou – a fogo – a necessidade de se recolecionar e tentar juntar as ruínas daquele universo. Nada de poesia após Auschwitz – mas só a palavra poética pode tentar dar forma e face ao que foi reduzido a pó. Esse dilema impregna a poética de Krausz, que recusa um relato de tipo tradicional, autobiográfico e linear, na mesma medida em que encara com toda a garra um projeto de recoleção das ruínas e cacos do passado. Não por acaso ele se refere ao progresso em seu texto sempre de modo negativo. Este, para ele, é mera destruição. Impossível não lembrar aqui a famosa tese sobre o conceito de história, de Walter Benjamin, que descreve o processo histórico como um acúmulo de ruínas, originada pela tempestade catastrófica a que chamamos de progresso. O anjo da história benjaminiano gostaria de poder voltar e redimir aquelas ruínas. Mas o vento que sopra do Paraíso, o progresso destruidor, impede-o de retornar. Krausz tenta, a contrapelo, recoletar esses fragmentos, recolecionar *seus* destroços, que também são restos de outros judeus desterrados e de outros milhões de humanos que foram – e ainda são – banidos de suas terras (geográficas e/ou culturais). A fragmentação de seu texto é, portanto, absolutamente constitutiva e programática. Trata-se da recusa de qualquer pretensão positivista e factográfica, mas trata-se também de uma escrita que procura seguir, abandonar-se a essa pulsão derivada da catástrofe, como o pó de estrelas projetado pelo *Big Bang* que se perde no espaço e se aglutina formando novas constelações. Estamos diante da escrita testemunhal, com seu duplo mandamento de ser, ao mesmo tempo e de forma insuperável, impossível e necessária.

A força deste pequeno livro é derivada em boa parte da capacidade de seu autor de canalizar para sua escrita décadas de nostalgia, melancolia e de trabalho de luto infindo. Não existe mais nenhum projeto milenarista sustentando suas palavras, como ainda acontecia na primeira metade do século XX, antes de Auschwitz, em boa parte da literatura judaica. Esse milenarismo era alimentado por séculos de sofrimento e desterro. Mas no caso da catástrofe *mater* desta obra, ela obliterou a ideia de redenção e fechou (até segunda ordem, de modo definitivo) as portas do Paraíso. A salvação encontra-se agora no próprio deambular. No ato de rememorar e ressignificar as ruínas. Como os protagonistas dos romances de W. G. Sebald, o protagonista deste livro é um colecionador de vidas, de histórias, de prédios e de cidades destruídos e devastados pelo tempo. Nesse sentido, devemos observar como Krausz faz um estudo delicado e profundo da psicologia das famílias desterradas. Ele mostra como elas vivem em função de um passado que assume proporções fantasmáticas e angustiantes. A mimese mecânica de um passado idealizado serve também de denegação da catástrofe originária. Alguns dos imigrados vivem "como se" estivessem ainda no reinado habsburgo das duas monarquias e constroem muralhas em torno de si, alucinando que seu desterro nunca aconteceu. Parafraseando Wim Wenders, eles pensam que vivem em Viena, São Paulo: "'Como se' era a fórmula mágica, nunca pronunciada, que governava as salas de visitas de parentes e de amigos que, em São Paulo e em Tel Aviv, em West Hampstead e em Queens, em Santo Amaro, em Rolândia e no Rio de Janeiro, tinham reconstruído suas ruínas depois que o grande vento que soprava do Paraíso os tinha vomitado em praias desconhecidas".

As personagens deste livro vivem em temporalidades e em espacialidades múltiplas. É como no fenômeno da telescopagem: um telescópio que se fecha engavetando vários *cronotopoi* (espaçotemporalidades) que se aglomeram em um mesmo ponto. Ou mesmo como em um grande acidente de trem, no qual os vagões entram uns dentro dos outros. Os sobreviventes da catástrofe perdem suas referências espaçotemporais e saem cambaleando, tentando se reencontrar. Nesse caso, é legítimo se falar de uma espécie de síndrome do desterrado. Mas as reações a essa síndrome são múltiplas. Elas podem tanto levar à negação do acidente (via tentativa de implantar nos trópicos um *locus amoenus*, uma caricatura da "paz celestial" perdida – trata-se aqui do sucumbir a uma construção fantasmática), mas pode-se também tentar enfrentar esse desterro, tentar encará-lo, simbolizá-lo. É o que vemos acontecer nestas páginas. Krausz, como representante da "terceira geração" de imigrados, conquistou um espaço simbólico para esse trabalho mnemônico-literário. É claro que ele não é o único que o fez, mesmo pensando apenas em termos da literatura feita no Brasil e em português. Basta lembrar outro livro de um escritor paulista da mesma geração, igualmente talentoso e dividido entre o dom literário e o da pesquisa acadêmica. Refiro-me a Roney Cytrynowicz, autor do afiadíssimo *A vida secreta dos relógios e outras histórias* (1994), obra, aliás, lembrada e homenageada por Luis Krausz neste seu texto.

Desse ponto de vista, esta obra de Krausz também pode ser lida como um momento de autoconsciência crítica do processo de assimilação pelo qual os judeus passaram na Europa desde o final do século XVIII. Este livro recolhe, como em uma arca de Noé, os fragmentos da catástrofe que foi o processo de assimilação dos judeus ao modo de vida burguês europeu. Dentre os escombros desfilam não apenas vidas trincadas, mas também os documentos dessa assimilação. Dentre esses, certos livros, autores e compositores retornam de modo insistente. Esses documentos aparecem em sebos e nas casas dos judeus desterrados. Encontramos dentre esses documentos da cultura (mas também da barbárie) nomes do vulto de Goethe, Schiller, Gerhard Hauptman, Thomas Mann, Dostoievsky, Heine, Grillparzer, Lessing, Tolstoi, Schubert e mesmo Wagner, atestando essa empresa gigante, fadada ao fracasso retumbante, que foi a assimilação judaica na Europa. Com isso, não quero condenar a empresa em si, mas apenas mostrá-la da perspectiva *ex post facto*, o ponto de vista "do outro lado", do tempo e do espaço, daqueles que sobreviveram à catástrofe e vivem *drüben* (do outro lado). Esse é o ponto de vista de Krausz.

Ele mostra também em que medida esse patrimônio cultural, tão bem incorporado pelos judeus, ao ser transplantado, tornou-se mais distante, parecendo algo artificial. Obras e autores transformam-se, aos poucos, em peças de uma erudição que parece vazia e cujo sentido original existente dentro do processo de assimilação se perdeu. Krausz explicita, com fina ironia, em que medida o capitalismo como religião corroeu – hoje e aqui – a força que antes esses profetas da cultura tinham e como eles foram substituídos por produtos vendidos nos templos do consumo (os shoppings), onde, a cada minuto, os últimos gritos da moda, que anunciam a redenção, calam os profetas bíblicos e seus descendentes artistas.

Por outro lado, o autor revela, também de modo sutil, a psicologia do judeu assimilado, que cultivava a ferro e fogo essa alta cultura e suas conquistas econômicas na capital da monarquia e trouxe para as Américas o preconceito com relação ao *Ostjude*, o judeu da Europa Oriental. O *Ostjude*, na verdade, era uma recordação da própria origem do judeu assimilado. Esse cultiva seu *Hochdeutsch* (o alemão culto) com um cuidado extremo, para não denunciar, com qualquer expressão iídiche, sua origem "não ocidental". O mote do judeu assimilado era o "apague os seus rastros". Krausz mostra como esse judeu assimilado e desterrado não tem tolerância diante dos assimilados e "híbridos" com que se depara em seu exílio. Ocorre que esses seres híbridos despertam nele um sentimento de estranheza (*Unheimlich*) e revelam sua própria origem como mescla de camadas culturais. Ou seja, o desterro originário de que nosso autor fala é mais um capítulo em uma história de desterros, deslocamentos e recalcamentos. Não existe lugar para a origem pura.

Essa origem negativa faz com que o protagonista perceba em que medida suas múltiplas origens são ambiguamente um enorme patrimônio, mas também uma espécie de ausência de origem. Assim como Derrida, em seu ensaio de cunho autobiográfico – *Le monolinguisme de l'autre, ou La prothese d'origine* –, discutiu a sua tripla origem (de judeu magrebino de cultura francesa) como uma tripla ausência, Krausz, por sua vez, mostra como sua tripla origem judaico-germano-brasileira é de conciliação impossível: "Não havia, para mim, um nexo visível ou mesmo concebível a ligar estes três mundos – o das desérticas narrativas bíblicas, o daquelas figuras monumentais de língua alemã e o das ruas brasileiras e dos ônibus abarrotados". Não por acaso o livro se fecha com a história do sr. Otto Hoffman, que teve seu quadro de Jakob Steinhardt roubado e (por meandros não confessados) levado para o importante Museu Judaico de Berlim (peça central na construção da memória judeo-alemã hoje). Hoffmann simplesmente se conforma com essa perda. As palavras finais do livro são eloquentes: "Quem sabe se, ao livrar-se do quadro, ele estivesse finalmente se libertando daquela origem infausta que lhe causara tanta desgraça? Mas esta era uma pergunta à qual só as moscas pareciam capazes de responder". Nós, leitores – moscas de livros... –, não podemos responder a essa indagação lançada, porém esse gesto de abandonar a origem no mesmo momento em que ela é apresentada é típico do referido *double bind* da escrita de testemunho. Ela é tarefa (*Aufgabe*): enfrentamento e desistência.

Desterro, como também ocorria em Cytrynowicz, utiliza a ironia (mais suave, no caso de Krausz) como um dos antídotos contra a melancolia. Assim, o autor representa o fenômeno da telescopagem com chistes, como quando insiste em aproximar (e confundir) a Alexanderplatz (de Berlim) com o Largo da Batata em Pinheiros (São Paulo), ou quando escreve: "Num domingo de sol, à tarde, fomos conhecer a represa de Guarapiranga, que fica no caminho de Parelheiros, à beira da avenida Robert Kennedy. É o nosso mar da Galileia, o nosso Zürichsee". Um barril de arenques no mercado do Bom Retiro (bairro judeu de São Paulo) se transforma, aos olhos dos desterrados e de seus filhos e netos, em "uma aldeia na paisagem pantanosa da Galícia Oriental". Já vimos a capacidade devoradora de identidades da comparação, a visada do "como" na sua desconstrução de identidades, mas essas aproximações sempre são guiadas pelo senso das semelhanças – como no caso da aproximação, ainda mais irônica, entre Atlântida e Atlanta, Geórgia. A casa de campo dos avós, em Campos do Jordão (cidade em si mesma um *fake*, *Attrape*, uma mimese de nossa burguesia local de cidades alpinas – ou de Aspen, cópia da cópia, portanto), havia sido construída "pensando nas casas de veraneio que tinham ficado para trás, *drüben*, do outro lado". Também a casa da cidade desses avós é vista por Krausz como uma "catedral do esquecimento": olvido da guerra, das mortes, da destruição e do desterro. O próprio autor, no entanto, revela a ambiguidade desse local de origem, na medida em que passa a revelar, por detrás de seu *glamour* que cega, um terror e uma violência que determinaram negativamente a origem do próprio escritor.

Na poética da memória pós-catástrofe, as fronteiras tornam-se fluidas. A origem fantasmática é transplantada (na verdade *criada*) aqui, mas o "aqui" é também investido de tons de "lar" e será fruto de saudades quando o desterrado volta à origem e percebe que só encontra aí ruínas de seu sonho. Como dizia Borges: "Sólo es nuestro lo que perdimos... No hay otros paraísos que los paraísos perdidos". Mas também acontece de o desterrado ver seu desterro transformar-se em seu lar. Não se trata do discurso pós-colonial do "entrelugar", mas sim do estado pós-catástrofe do "nem, nem", ou seja, a pátria, o lar, *Heimat*, não está *nem* aqui *nem* lá. Os fragmentos dessa pátria estão dispersos na língua, daí a capacidade da literatura de trançar melancolia e prazer, mesmo a partir dos escombros da catástrofe. É como se apenas na representação pudéssemos ganhar uma distância que permite recuperar uma proximidade e um sentimento de pertença. Talvez seja isso o que se denomina também de processo de simbolização do trauma.

Essa língua e os gestos desenhados pelo autor na ação descrita de seus personagens são verdadeiros arquivos da catástrofe e da sobrevivência. Como diria o grande historiador da arte Aby Warburg, as "fórmulas patéticas" (*Pathosformeln*) acumulam séculos de história e permitem uma visada sobre o passado como sobre um campo arqueológico, onde fragmentos que existiram em uma distância multissecular coexistem lado a lado. A língua de Krausz condensa, como em uma esponja, temas e motivos da diáspora judaica do século XX. Já o multilinguismo desse texto descortina as várias camadas de cultura que se encontram nesse campo arqueológico que ele escava. Quando o autor escreve que "o tango da morte embalava as tardes calorentas", o leitor tem de estar com os ouvidos de prontidão e atentos aos subtons implícitos: no caso, o "Tangoul Mortii" ("Tango da Morte"), título em romeno, língua na qual Paul Celan (o poeta, nascido em Czernowitz, que melhor escreveu sobre Auschwitz) publicou pela primeira vez seu famoso poema "Todesfuge". Ou seja, se as tardes calorentas eram embaladas pelo tango da morte, é porque a vida permanecia embebida na temporalidade traumática do *après-coup*, da continuidade do tempo da cena traumática, que resiste à passagem do tempo. Já no capítulo sobre os relógios, o gesto de colecionar relógios e a busca de sua catalogação não deixam de remeter a certo *acting-out* desse próprio enclausuramento no tempo da catástrofe. Ao lermos a descrição dessa mania paterna por relógios e pela sua catalogação, somos levados a pensar na própria narrativa de Krausz como uma espécie de anticatalogação, ou de negação da *Katalogisierungskunde* (*A ciência do catalogar*), livro de cabeceira de seu pai. Em vez da lógica linear do tempo, temos o tempo desfeito em escombros; em vez da catalogação, o apagar das fronteiras, o deambular espaço-temporal como modo de aproximar, de gerar encontros chistosos (o *Witz* criativo, de que Freud tanto gostava), que também detonam uma explosão da identidade. Como no relógio com caracteres em hebraico da coleção paterna e cujos ponteiros andavam no sentido anti-horário, também o trabalho da memória vai a contrapelo: desse ponto de vista a história não é uma abertura ascendente para o futuro, mas, antes, um acúmulo de ruínas que esperam para ser salvas.

Este belo e singular livro de Krausz, que contém dois capítulos intitulados "As pontes", pode ser lido também como uma ponte que se abre sobre o nosso passado e permite uma comunicação com ele. Assim como o avô paterno, com suas projeções de *slides*, trazia para a sala em Santo Amaro as imagens perfeitas e inalcançáveis de uma Europa fantasmática, aqui vemos a ponte funcionando no sentido inverso de desmistificação da origem. Mas o trabalho da memória é cheio de surpresas. Nesse mesmo gesto de desauratização, as palavras encadeadas com precisão e as frases lapidadas como diamantes constroem aqui um mundo pleno de aura. Essa aura envolve a narrativa dos desterrados embalada no ritmo da associação de ideias. Estamos diante de uma elegia, de um canto para um mundo destruído. Esta é também uma homenagem aos mortos e aos vivos.

Márcio Seligmann-Silva
Campinas, 3 de fevereiro de 2011

Sobre o autor e o posfaciador

Luis S. Krausz nasceu em São Paulo (SP), em 1961. Escritor e tradutor, é professor de literatura hebraica e judaica na Universidade de São Paulo. Formado pela Universidade da Pensilvânia (Estados Unidos), Universidade de Zurique (Suiça) e Universidade de São Paulo, é autor de *Rituais crepusculares – Joseph Roth e a nostalgia austro-judaica* (Edusp, 2008) e *As musas – poesia e divindade na Grécia arcaica* (Edusp, 2007). Traduziu, entre outros títulos, *A pianista* (Tordesilhas, 2011), *A canção dos nibelungos* (Martins Fontes, 1993) e *As mais belas lendas da Antiguidade clássica* (Paz & Terra, 1994).

Márcio Seligmann-Silva nasceu em São Paulo (SP), formou-se em filosofia pela Pontifícia Universidade Católica de São Paulo e doutorou-se em teoria literária e literatura comparada pela Freie Universität Berlin, Alemanha. Cursou pós-doutorado no Zentrum für Literatur und Kulturforschung Berlin, também na Alemanha, e na Yale University, nos Estados Unidos. É professor do Departamento de Teoria Literária da Unicamp e autor de, entre outros livros, *O local da diferença – Ensaios sobre memória, arte, literatura e tradução* (Editora 34, 2005).

Este livro, composto com tipografia Electra e diagramado pela Alaúde Editorial Limitada, foi impresso em papel Pólen Bold noventa gramas pela Ipsis Gráfica e Editora Sociedade Anônima no trigésimo nono ano da publicação de *Baú de ossos*, de Pedro Nava. São Paulo, maio de dois mil e onze.